무 림 바 둑

머리말

도룡문 제일후계자 구름의 바둑 이야기
구름은 각 문파와 재야의 고수들과 십번기를 벌이며 나날이 강해진다
광인을 이기기 위해 불철주야 노력하는 구름
구름의 여인들 바람, 앵두, 설희
구름의 친구 해룡과 우담
6대문파의 수장들과 벌이는 불꽃 튀는 대결
이들이 벌이는 진검승부와 사랑, 우정, 배신…

이 글은 본격 바둑 소설이다
바둑을 처음 접하는 분들도 친근감 있게 바둑을 이해하고
바둑에 대한 재미를 붙일 수 있도록 구성하였다
구름이라는 한 문파의 후계자가 벌이는 승부의 세계, 그 과정에서의
바둑무림의 사건사고들, 구름의 여자들, 사랑과 우정, 의리와 배신
승부의 세계를 동화같이 엮어나가려고 하였다
필력이 부족한 나로서는 부끄러움을 금할 길 없다
신구미월령이라 했던가, 어린 비둘기가 험한 준령을 어찌 넘으랴
첫 작품을 써내려가면서 늘상 머리에 맴돌던 고사성어였다
부족한 이 글을 읽어주심에 고마운 마음을 금할 길 없다
끝으로 글작가 선생님이신 김나리 선생님,
삽화를 그려주신 김록규 선생님, 부모님께 깊이 감사드린다.

2019. 10. 백 종 민

목 차

5부 마귀와의 싸움　　　　　　　108

6부 광인과의 혈투　　　　　　　126

1부

도룡문하의 구름

제1화 원두막에서의 재회

　때는 바야흐로 1975년 5월 화창한 봄날. 백제의 고도 충남 부여. 백제왕의 별궁의 연못이었던 궁남지로 향하는 세 사람이 있었다.

　"여보 맨날 지면서 또 두자고 하시려구요?"

　아내인 슬기가 6살 난 아들의 손을 잡고 유유히 걸어가며 물었다.

　"하하 오늘은 반드시 이긴다오. 두고 보시오. 대마를 잡아 이길 거라오."

　남편인 가백이 의기양양한 표정을 지으며 대답했다. 아내 슬기는 미소를 보이며 아들 구름을 사랑스레 바라보았다. 구름은 뭐가 좋은지 마냥 신나있었다.

　가백은 시인이었다. 그의 시는 투박했지만 날카로웠고 운율이 있는 듯 없는 듯했다. 솔직하고 담백한 그의 시는 그의 성품과도 닮아있었다. 하지만 그의 시를 이해해주고 알아주는 이는 많지 않았다. 무명시인이었던 것이다. 궁남지 옆에 봄철과일로 으뜸인 딸기가 주렁주렁 열려있는 딸기밭에 다다른 그들은 밭 한가운데에 있는 오두막으로 올라갔다. 거기엔 아까부터 수염이 삼국지에 나오는 관운장처럼 기다란 정말 멋진 풍모의 잘생긴 사내 하나가 앉아 있었다. 그는 바둑판을 가운데 놓고는 명상에 잠긴 채 있다가 세 사람이 올라오는 것을 보고는 만면에 화색을 하며 반겼다. 가백과 그 사내는 서로를 깊이 포옹하며 반갑게 인사했다.

　"도롱, 이게 얼마만인가? 얼굴을 다 잊어버리겠네그려."

　"하하 반갑네 가백, 아이고 우리 구름이가 벌써 이렇게 컸네그려."

　도롱은 구름을 얼싸안고 머리위로 한껏 들어올리며 슬기에게 눈인사를 했다. 슬기는 딸기를 한바구니 밭에서 따왔다. 가벼운 봄바람이 불고 있었다. 구름은 원두막에서 딸기를 맛있게 먹느라 얼굴이 붉은 범벅이 다 되어가고 있었다. 가백과 도롱은 바둑판을 사이에 두고 수담을 나누기 시작했다. 가백은 문득 바둑돌을 놓다가 한 가지 깨달음을 얻게 되었다.

"도롱, 이제 보니 내가 바둑을 지금까지 헛두었구려 허허. 내 문득 깨닫는 바가 있어 시 한 수 읊으려하니 한번 들어보시구려."

도롱은 심각한 얼굴로 바둑판을 응시하다 가백이 시 한 수 읊어준다는 소리에 얼굴에 화색이 만면하며 반겼다.

"나는 바둑판에 앉아 이리저리 헤매지만
그대는 마치 심마니가 산을 타듯 길을 잘 찾고 만들지.
툭툭 던지는 권투선수의 잽에 서서히 무너져내리듯
그대 앞에서 나는 서서히 무너져내리지.
구름을 타고 바람을 벗 삼아 홀로 있는 그대의 호기에 질리는도다.
그대의 바둑은 자유롭고 생명력이 넘치지.

아! 나도 반상에 한 송이 꽃을 피웠으면.
그 장미꽃에 비록 가시가 없을지라도
어린왕자처럼 아끼고 사랑했으면.

나는 어린아이가 철퇴를 휘두르듯이 두었네.
고수들일수록 가벼운 목검으로 상대를 베는걸.
아! 이 갈증과 욕망은 뭘까?
소리 없이 다가와 내 바둑을 어지럽히는구나.
강태공이 비웃을 만큼 소요자적하지 못하는구나.
마음의 수를 놓고 싶다네 친구 앞에서.
그럼 평화롭고 행복하겠지."

가백이 시를 읊자 도룡이 짐짓 심각해져서는 대답했다.

"가백, 수담으로 벗과 바둑을 두는 것이 승패를 떠나 행복하면 좋으련만 가백은 마냥 행복하지만은 않은 듯하오."

가백은 알 듯 모를 듯 미소를 짓고는 다시 바둑돌을 집고 있었다.

바둑이란 모름지기 생각대로 되지 않는 묘한 것이다.

바둑공부를 하다보면 자신감이 붙는다.

"그래! 바로 이거야. 실전에서 상대방에게 써먹으면 통쾌하겠는걸."

하지만 막상 바둑을 두면 내 생각에 없던 수들이 속속 등장하고 내 돌이 한 움큼 죽어나가고 나면 그때에야 비로소,

"아 바둑을 인생에 비유하는 이유가 있구나. 이게 정답이라고 생각했던 나의 고정관념이 무참히 깨지다니. 변화무쌍한 바둑의 세계는 나를 좀 더 머리 숙이게 하고 겸손하게 하는구나."

하는 생각을 하게 된다. 수천 년을 내려오는 도락인 바둑에 있어 잘 두고 못 두고를 떠나 자신을 돌아볼 수 있는 사람이 된다는 것은 참 중요한 것 같다. 가백은 그런 의미에서 한 가지 깨달음을 얻은 것이었다.

제2화 도룡, 구름을 거두다

그해 춥디추운 겨울의 어느 날, 도룡에게 청천벽력과도 같은 비보가 날아

들었다.

가백이 그의 아내 슬기와 함께 이 세상을 뜬 것이었다.

경과는 이러했다. 산을 타는 것을 좋아했던 가백은 그의 아내 슬기와 함께 월악산 겨울산행을 간 것이었다. 충청북도에 위치해 있는 월악산은 만수봉을 넘어 영봉에 이르는 큰 산이었다. 만수봉 계곡을 넘어가려고 바위를 타다 그만 발을 헛디뎌 아내와 함께 떨어져 비운의 객사를 한 것이다. 고귀한 집안의 외동딸이었던 슬기는 가진 거라곤 몸뚱이밖에 없는 가난한 시인인 가백을 사랑했었다. 둘은 단둘이 결혼식을 올렸다. 슬기네 집안에서 반대가 심한 까닭이었다. 가백은 바둑을 사랑하는 시인이었고 도룡이란 젊은 기객과 친분이 있는 막역지우여서 함께 바둑을 두며 삶의 고달픔을 달래곤 했었다. 도룡은 구름의 아버지가 죽었다는 소식을 접하고 옷을 찢으며 통곡하고 애통해했다. 그 당시 도룡은 바둑도량으로 크게 명성을 떨치던 천사파의 후계자였다. 하지만 천사파의 문주가 광인이 되어 천사문파를 없애는 그 당시 경천동지할 일을 서슴지 않고 자행하는 바람에 홀로 문파와 사제들을 떠나 산천을 돌아다니며 방랑하던 때였다.

그가 장지에 다다르자 어린아이 하나가 슬피 울고 있었다.

"구름아…"

"도룡 아저씨 엉엉엉…"

구름은 도룡을 보고는 목놓아 울었다. 졸지에 천애고아가 된 구름은 오갈 데가 없는 처지가 되었다. 둘은 그렇게 말없이 동행을 하는 사이가 되었다. 구름에게 바둑을 가르칠 요량으로 도룡은 바둑 두는 자세와 예절, 법도와 규칙들을 자상하게 가르쳐 주었다. 그런데 구름의 바둑 배우는 속도가 뜻하지 않게 남달랐다. 구름은 모든 것을 스펀지처럼 흡수해대기 시작했다. 지칠 줄 모르는 구름의 흡입력에 도룡은 섬뜩함을 느끼기까지 했는데 구름은 눈망울에 부모님의 비극적인 죽음에 대한 우수가 어려있었다. 어린아이로서는 믿기지 않을 만큼 놀라울 정도로 바둑판만 응시하고 있는 구름을 도롱은 걱정스레 바라보곤 했다.

"이제 나가서 설희와 놀거라."

도롱이 마치 바둑판이 되려는 듯 그 속으로 파고드는 구름을 떼어놓으려 해도 구름은 좀처럼 말을 듣지 않았다. 떼를 쓰거나 우는 것이 아니라 도롱을 설득하듯 가만히 바라보기 일쑤였다.

"여기가 마음이 편합니다. 아빠의 마음을 들여다보는 것 같아서요."

"차라리 보고싶다고 울어라. 이놈아."

도롱은 한없이 구름이 안쓰러웠다.

도롱의 딸 설희는 구름과 동갑이었다. 방랑생활을 하는 아버지 도롱 때문에 친구가 없던 설희는 구름과 매우 친하게 지내게 되었다.

제3화 구름의 바둑수업

구름이 스승이신 도롱과 바둑을 두던 때였다.

흑을 쥔 구름에게 스승 도롱은 백①로 호구로 막았다. 이 수는 구름에겐 청천벽력과 같은 수였다. 보통은 이렇게 두지 않는다. 왜냐하면 흑이 단수를 한 번 치는 것이 너무나 아프기 때문이다. 상대방이 중앙에서 힘 있게 단수를 칠 수 있게 되면 백은 힘을 못쓰는 법이다. 그걸 알면서도 백은 호구로 막았다. 구름은 그 당시 눈을 의심케 하는 이수를 당하고는 바둑이란

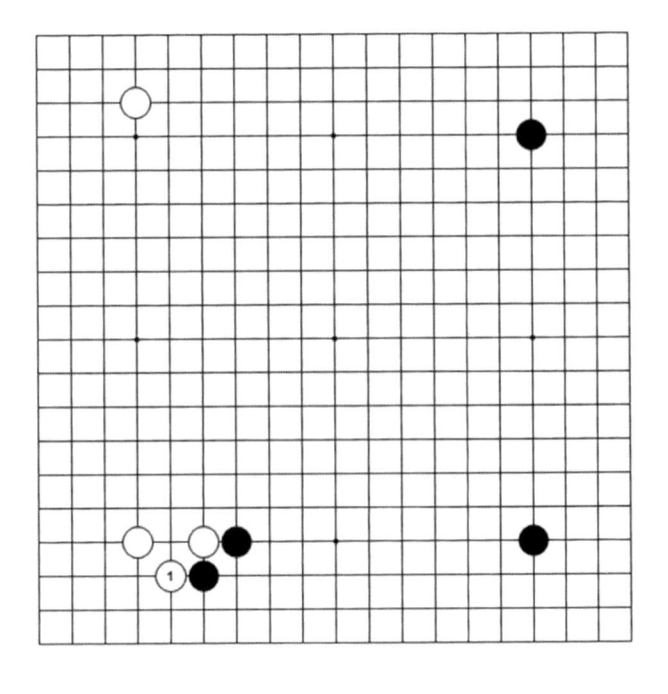

뭘까에 대한 진지한 고뇌를 하게 된다. 바둑에 서서히 눈을 떠간 것이다. 실은 이 백의 수법도 정석의 일종이었지만 구름은 아직 그 정석을 모르고 있었다.

　누구나 가는 그 길을 우리는 정석이라고 부른다. 산을 오르려면 오솔길을 따라간다. 우리들은 누가 그 길을 내었는진 모르지만 헤매지 않고 편하게 그 길로 간다. 바둑에도 정석이란 것이 있어서 그 길을 바둑인들은 따라간다. 편하기도 하고 다른 길을 고심하는 헛된 에너지를 쓸 필요가 별로 없기 때문이다, 하지만 정석은 그 종류가 다양하고 아주 많아서 익히기가 아주 힘이 들기 마련이다, 만 개나 되는 정석을 누가 다 익힐 수 있을까? 그래서 대개는 몇 가지를 익힌 후에 그 길을 자주 간다. 모르는 생소한 정석을 대하게 되면 골치가 아프고 머리를 싸매며 끙끙대기 일쑤인데 거기에 바둑의 참된 재미가 있다.

산행을 할 때도 넓고 큰 길을 누구나 가지만 아무도 모르는 산길을 홀로 걸으며 경치를 음미하는 쾌감은 상상을 초월한다. 바둑에도 그런 길이 있다. 특히 정석의 주고받음에서 그런 길이 종종 등장하는데 생소한 정석을 맞이하여 그 길을 걸을 때면 힘들기는 하지만 재미는 배가되는 법이었다. 도롱이 백①로 막은 수는 구름에겐 생소한 길이었고 신선한 충격으로 다가왔다. 구름은 도롱사부가 정석을 무시하고 괴이하게 두어온다고 생각했기에 그 뒤의 진행, 즉 흐름을 몰라 크게 당황을 했다. 그러나 이수도 엄연한 정석이었고 도롱이 곧잘 쓰는 수법이었다. 이 이후엔 피치 못할 전투가 시작될 가능성이 많았는데 실제로 이 바둑에서도 그러했다. 구름은 당황하고 있었고 전투가 걷잡을 수 없이 퍼지자 당황은 흥분으로 파급되며 얼굴이 붉게 상기되어갔다. 구름에겐 너무나 소중한 시간이었다, 구름이 바둑에 대해, 전투에 대해 어렴풋이 깨닫는 귀중한 순간이었던 것이다.

제4화 어린 꿈나무들의 영재바둑대회

구름이 12살 되던 해 가을, 항아리파의 본산 인천에서 어린 꿈나무들을 위한 영재바둑대회가 열렸다. 기재가 남달랐던 구름은 승승장구하여 단박에 결승에 진출하였다. 결승전 상대는 항아리파의 어린 수재자 의리였다. 둘은 나이가 동갑이었다. 하지만 의리는 심성이 교만하고 친절하지 못했다. 성품이 착하고 예의 바른 구름과는 사뭇 대조적이었다. 바둑이 시작되어 바야흐로 승부처에 이르렀다. 승부처라 함은 한판의 승부를 결정짓는 중요한 대목을 일컫는다. 음식을 조리할 때도 마지막 한 방울의 간을 배게 해주는 일이 음식의 맛을 결정짓는다. 바둑도 이와 같아서 중요한 승부처라는 곳이 있었다, 승패를 결정짓는 중요한 대목이었다. 구름은 바둑이 만만치 않게 흘러가고 있던 참에 중요한 승부의 길목에 다다르자

'이대로 가만히 새색시마냥 다 상대방 하자는 대로 해주다간 지겠는걸. 한번 이때 비틀어보자. 복잡한 전투로 이끌어 한번 자웅을 겨뤄보자.'

하는 심산에 바둑판을 난전의 어지러운 전투로 이끌어가는 수를 두기 시작했다. 의리는 구름이 고분고분 받아주지 않고 흔들어대자 짐짓 당황했지만 기재가 뛰어난 의리는 강물을 거슬러 자연의 모태의 품으로 돌아가는 힘찬 연어의 몸짓을 연상케 하는 멋진 수들을 두기 시작했다. 구름의 그 큰 돌이 위기에 몰려 대마가 다 죽게 되었다. 의리는 교만해져서 얼굴에 승리의 기쁨을 감추질 못하고 크게 웃고 있었다.

구름은 비참했다. 동갑내기 의리에게는 절대 지고 싶지 않았던 것이다. 더군다나 도룡문과 항아리파는 숙적이어서 어느 대회가 열리든지 두 파가 맞붙게 되면 마치 결승전을 방불케 하곤 하였다.

구름은 고개를 숙이며 패배를 인정하였다. 눈망울에 닭똥 같은 눈물이 뚝뚝 떨어졌다. 의기양양해진 의리는 사뭇 '너는 내 상대가 안돼' 하는 눈빛으로 울고 있는 구름을 바라보며 웃고 있었다. 구름은 의리가 너무나 미웠다. 좌절했고 슬펐다. 내가 왜 바둑을 배워 이 수모를 당해야 하나 하는 생각에 몹시 괴로웠다. 시상식 때에도 엄청 기쁘게 웃어대는 의리에 반해 구름은 고개를 떨군 채 시무룩해져 있었다.

구름은 절망했다. 그 어린 나이에 승부의 세계를 맛본 것이었다. 패배는 쓰라렸고 받아들이기 어려운 것이었다. 바둑을 그만두고 싶었다. 더 이상 바둑돌을 만지기가 싫었다. 승부란 것이 이렇게 나를 힘들게 하는구나 하

는 생각에 승부의 세계를 다시는 마주하고 싶지 않았다. 바둑을 끊고 싶은 생각에 스승이신 도룡사부와 설희조차 보고싶지 않았다. 준우승이란 준수한 성적을 거두었지만 결승전에서의 패배는 구름의 마음을 너무나 아프게 만들었다. 구름은 비로소 승부의 세계란 것을 알게 된 것이었다.

하지만 천성이 착했던 구름은 이 절망과 좌절을 슬기롭게 이겨나가게 된다. 구름은 본디 바둑의 기재보다는 누구나를 다 사랑하는 좋은 성품을 가지고 있었다. 누구에게나 다 친절했고 정을 쉽게 주었다. 그 좋은 성품이 구름을 슬기롭게 하여 바둑을 끊을 뻔한 이 난관을 극복하게 만든 것이었다. 그래도 구름은 이후 근 일 년간을 바둑을 거의 두지 못할 지경이었다. 데미지가 그만큼 컸던 것이다.

제5화 **도룡비급**

춥디추운 한겨울의 고즈넉한 산사에서 도룡파의 문주 도룡은 구름에게 바둑수업을 가르치고 있었다. 도룡은 충청남도 부여의 부소산 자락에 바둑 문파를 열었는데 도룡파라 불리었다. 구름은 10년 넘게 도룡의 문하에서 바둑에 정진하였고 일찍이 후계자가 되었다. 구름은 어느덧 18살의 열혈 청년이 되어가고 있었고 준수한 외모에 웃을 때 덧니가 아주 예쁘게 드러나는 밝은 성격의 청년이 되어있었다. 밖에는 진눈깨비 같은 자잘한 눈발이 조금씩 바람에 날리고 있었다.

"구름아 바둑이란 무엇이라 생각하느냐?"

"바둑알을 반상에 수놓는 것이 아니겠습니까? 저마다 각자의 색깔이 있겠지요…"

"색깔이란 무엇인지 말해볼 수 있느냐?"

"색깔은 기풍을 말함이지요. 누구나 저마다의 기풍이 있는 것이지요. 싸움닭 같은 바둑이 있는가 하면, 대세력을 펼치는 웅장하고 중후한 바둑이 있기도 하고, 실리를 좋아하여 차분히 두어나가는 바둑도 있고, 이창호 국수처럼 끝내기가 강한 기풍도 있겠지요. 하지만 기풍이란 것이 참 묘해서 실상 자기 자신도 자신의 기풍을 모르는 경우가 허다한 것 같습니다. 그래서 초야에 묻혀 사는 한 기객은 이창호를 일컬어 이렇게 읊었지요.

'천하제일 이창호 끝내기를 말하노라.

산천이 벌벌 떨고 하늘이 열리도다.

무심의 강태공도 한 수 접어주노라.

그 누가 다시 있어 이 귀한 재주를 보여줄까?

다시 없을 그의 눈부신 솜씨

천하가 알아주나 정작 본인은 모른다 하네.'

실상 자기만의 색깔은 자신도 잘 모르는 것 같습니다. 아무리 고수라 할지라도요."

도룡은 구름이 훌륭하게 대답하는 모습을 보고 흡족해하며 고개를 끄덕였다.

"그렇다면 바둑알을 놓는 이는 어떤 마음을 가져야겠느냐?"

"무릇 바둑을 두는 사람이라면 열 번, 백번을 계속 지더라도 다음 바둑을 소중히 생각하고 임해야할 것 같습니다."

"왜 그런 생각을 했느냐?"

"어릴 적 의리와의 결승전에서 졌을 때 단 한 번 졌을 뿐인데 제 마음속에서는 수백 번을 지고 있었습니다. 그때 깨달은 것입니다."

문주가 고개를 끄덕이더니 다시 말을 이어갔다.

"깨달음이란 솔직하고 담백한 자에게서 나오느니라. 사기 치는 마음, 거짓되고 위선적인 마음으론 도저히 바둑의 진보가 없느니라. 마음의 돌을 하나씩 놓을 때 비로소 바둑알이 말을 하고 생명력을 갖게 된다. 내 이제 너에게 도룡비기를 전해줄 터이니 익히고 수련하여 마음에 깨닫는바가 있기 전엔 하산하지 말아라."

"네 스승님. 열심히 익혀 가문을 빛내는 도량이 되도록 혼신을 다해 익히겠습니다."

스승이 떠난 자리엔 구름과 도룡비기란 제목의 책 한 권만이 남아있었다. 구름은 떨리는 마음으로 책을 펼쳤다. 책의 서두엔 다음과 같이 적혀있었다.

도룡비급은 도룡문의 비기로서 문주인 내가 보관하고 있다. 때가 이르러 이를 천하에 내놓으니 무릇 배우고자 하는 이는 이를 바둑의 바이블로 삼아 기력의 진보를 이루어야 할 것이다. 비급은 총 6장으로 이루어져 있지만, 과거 옛날의 어떤 천재기객이 자신의 무궁한 상상력을 담아 이후 6장을 덧붙여 만들어 총 12장으로 완성한 걸작이다. 이에 문주는 기력이 약한 사람이 주화입마에 빠질까 두려워하여 6장만 내놓으니 나머지 6장은 익히지 말라. 천재기객의 무궁한 상상력의 소산인 나머지 6장을 익히게 되면 승부에만 집착, 현혹되어 악귀에게 씌우게 된다고 전해진다. 정신이 산란해지고 큰 낭패를 볼 수 있으니 다시는 시전하지 않아야할 사멸될 비기이다. 도룡 6장을 마음에 새겨 수담을 나눈다면 오랫동안 장수를 누리게 될 것이며 큰 벗을 얻게 될 것이며 비로소 천하를 얻게 될 것이다.

구름은 열심히 수련하기 시작했다. 비기를 다 익히게 되었을 즈음 구름은 욕심이 생겼다. 천재의 상상력으로 만든 나머지 6장도 한번 익혀보고 싶었던 것이다. 주화입마에 빠질 수도 있다는 경고가 있긴 했지만 위험해질 것 같으면 익히다 말면 되지 않는가 생각한 것이다. 구름은 도룡7장을 책에서 펼치기 시작했다.

[도룡비급]
제1장 망즉생(亡則生)
죽어야 산다. 마음을 비우라는 뜻. 빈 공허한 마음에 바둑을 담을 수만 있다면 천하를 얻으리라.

제2장 성동격서
남쪽을 도모하되 뜻은 북쪽에 두어라. 동쪽에서 북을 치나 서쪽군대를 잡으려는 자세를 견지하라.

제3장 걸음걸이
공격은 빠르게, 수비는 느리게
공격할 때의 자세는 모름지기 말 탄 장수가 사방에서 활을 쏘듯이 하고, 수비 시에는 천군만마가 질서정연하게 한 보씩 후퇴하듯 해야 한다.

제4장 레시피
열정 한 스푼, 순수함 두 스푼, 동물적인 본능 세 스푼, 상대에 대한 배려·존경심 네 스푼, 총 열 스푼
이 열 가지를 마음에 담는다면 천하를 얻으리라.

제5장 조망
부분에 치우치면 망하느니 전체를 볼 줄 알며 하찮은 것은 과감히 버려야 한다.

제6장 겸손
네가 비록 천하를 종횡한다 할지라도 뜻을 이루지 못할 것임을 명심하라. 너 홀로 바둑을 두는 것이 아님을 생각하라. 네가 상대의 심장을 노린다면 상대는 그보다 더한 것, 바로 너의 마음을 노림을 생각하고 늘 겸손하라.

제6화 설희의 극진한 간호

　구름은 심신이 어지러워지고 몸을 가눌 수 없게 되었다. 펼쳐보지 말라는 도룡비급 제7장 '대마불사편'을 펼쳐서 수련에 들어갔기 때문이었다. 구름은 정신이 혼미해지고 어지러웠다. 마침 구름에게 줄 저녁밥과 반찬을 가지고 올라온 설희에게 발견되었기에 망정이지 그날 밤을 꼬박 혼자 지냈다간 목숨을 잃었을 것이다. 구름을 무척이나 좋아했던 설희는 극진한 간호를 하기 시작했다. 하지만 주화입마에 빠진 구름에게 백약이 무효였기에 도룡사부는 크게 걱정을 하고 있었다. 구름이 정신을 잃은 지 어느덧 한 달쯤 되었을 무렵, 설희는 구름이 의식을 희미하게 차리는 것을 본다. 하늘도 설희의 극진한 정성어린 간호에 감동했던 것일까? 돌아가신 아버지가 돌봐준 덕분일까? 구름은 한 달만에야 의식이 돌아오더니 차차 나아지기 시작했다. 다행이 큰 후유증은 없었지만 간혹 뭔가에 쫓기는 망상 같은 공포, 두려움이 생겼다. 문파의 사형, 사제들에게서 설희가 정성어린 간호를 해주어 살아났다는 얘기를 들은 구름은 무척 감동했다. 서로 어렸을 때부터 친하게 지냈던 설희이지만 그 뒤로 구름은 설희를 더욱 아끼고 고마워하게 되었다. 아주 친한 돈독한 우정이 생긴 것이었다. 구름과 설희는 부소산 꼭대기 낙화암이 있는 정자로 종종 가서 흐르는 백마강을 바라보곤 하였다, 구름의 상처도 치유할 겸 해서였다.

2부

지존대회

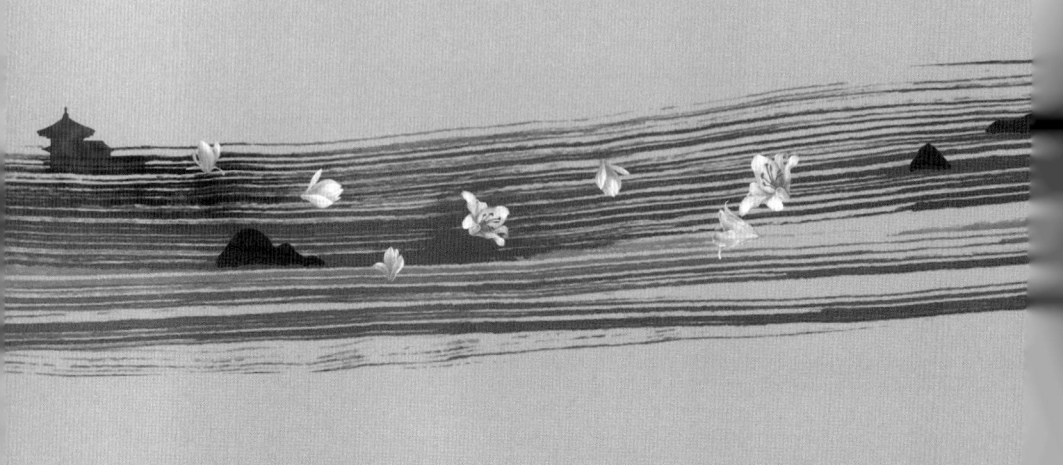

제7화 **박사범과 대사백변**

때는 1989년 봄, 구름은 도룡문을 떠나 서울 신림동 관악산 아래에서 잠시 터를 잡았다. 도룡문의 문하생들은 10년간 문하에서 바둑수업을 해야 했으며 그 후엔 2~3년간 타지에 나가 바둑을 독학해야 했다. 그 기간 동안 세상의 온갖 바둑기술을 접하도록 되어있었던 것이다.

구름은 관악산에 종종 올라갔는데 산이 맑고 산책하기에 좋았다. 특히 늦가을의 단풍은 절경이었다. 신림사거리에 만방기원이란 곳이 있었다. 기원은 애기가들이 모여 바둑을 두는 곳이다. 그곳에 두 고수가 있었으니 박사범과 문사범이었다.

박사범은 짱짱한 기원1급이었는데 웬만한 1급들을 두세 점 접어주곤 하였다. 문사범은 박사범에 약간 못 미쳤지만 아주 고수였다. 그 두 사범이 구름을 아꼈다. 구름은 근 일 년간을 만방기원에 학교 다니듯 다녔는데 늘상 박사범과 문사범하고 어울렸다. 그 두 사범은 명문대 기우회 출신으로 기재가 남달랐고 바둑밖에 모르는 사람들이었다. 박사범은 어깨를 약간 수그리고 양손을 바지 주머니에 넣고는 건달같이 걸어다니곤 했다. 머리는 스포츠머리여서 약간 깡패기질이 보이는 사람이었는데 외모에 비해 성격은 착하디착했다. 그는 나이가 30대 중반이었다. 구름이 20살에 신림동에 거주하기 시작했으니 근 15년 정도 나이차가 있었다. 문사범은 바둑교사로서 아이들에게 바둑을 가르쳤다. 수업이 없는 때는 언제나 만방기원으로 찾아오곤 했다.

구름은 두 사범과 늘상 바둑을 두었다. 원래 바둑이란 것이 상수에게 대국으로 스파링을 자주 받는 것보다 더 좋은 기력향상법이 없는 것이다. 기원급수로 물1급을 두던 구름은 두 사범에게 매일 스파링을 받아 일 년 후에는 짱짱한 1급으로 기력이 진보하였다.

박사범은 구름과 대국을 할 때에 늘상 '대사백변'이란 정석을 애용했다. 대사백변이란 정석은 변화가 하도 많아 붙여진 이름으로 백 가지 변화를 품고 있다는 정석이었다. 수많은 갈래길을 내포하고 있는 무시무시한 대사백변은 구름도 잘 모르는 것이었다. 아주 센 강자들이 배워 익혀 구사하는 정석이었던 것으로 그 당시 기력이 약했던 구름은 대사백변을 말로만 들었을 뿐 실제로 당하기는 거의 처음이었다. 박사범은 두 칸으로 널찍이 봉쇄하는 수법을 십팔번처럼 애용했는데 구름이 대사백변의 여러 가지 변화에 눈을 뜨게 된 것이 바로 그때였다. 다음의 모양을 보자.

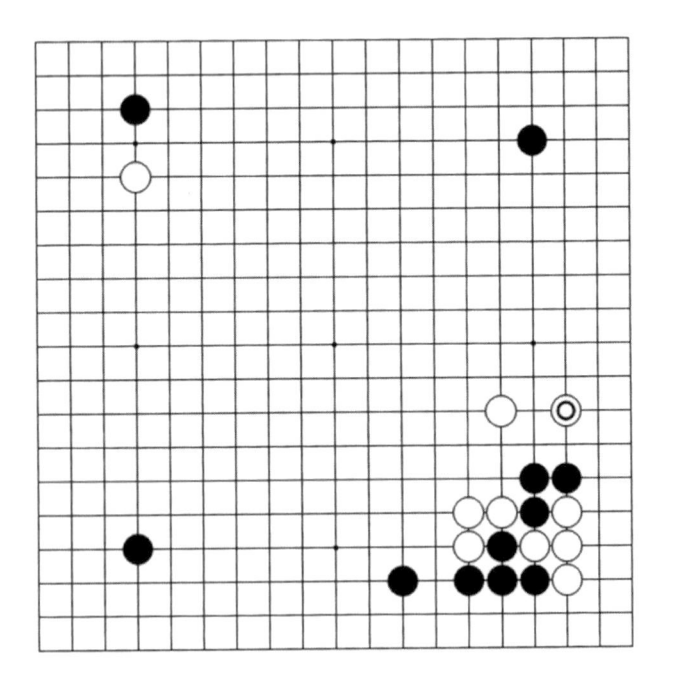

박사범이 동그라미 백돌로 흑 세 점을 압박해온 장면이다. 박사범은 늘 이 길을 고집스레 걸었다. 무슨 애착이 있었나보다. 날일자로 씌워가는 수도 고수들 사이에서 널리 두어지던 때였지만 오로지 저렇게 비스듬히 널찍이 씌워가는 대사씌움을 즐겨했다. 이 대사백변을 어느 정도 이해하게 되었을 때 구름은 기원급수로 짱짱한 1급이 되어있었다. 구름은 묘하게도 이전에는 어렵게만 느껴졌던 만 가지 갈래길을 가진 정석이란 바둑의 중요한 부분을 이 대사백변을 통해 정복한 것이었다. 구름의 일과는 만방기원에 나가 두 사범이 올 때까지 정석 책을 펼쳐들고 대사백변을 연구하는 것으로 늘상 시작했던 것이다. 영어공부에서 기초영어만 보아서는 안 된다. 언젠가는 종합영어를 보아 익혀야 한다. 달달 외울 정도로 익혀야 영어공부에 진보가 있는 것이다. 바둑에서도 여러 기술들이 있지만 정석공부도 이와 마찬가지였다. 가장 어렵다는 대사백변을 익히고 나니 다른 정석은 쉽게 한눈에 들어오게 된 것이었다.

　구름은 1년 가까이 두 사범에게 스파링을 받게 된다. 어느 정도 기력에 오르게 되면 그다음 한 단계를 오르는 데는 부단한 노력과 운이 따라야 한다. 구름은 천운이 있었으니 두 사범에게 매일 지도기를 받은 것이었다. 그래서 구름은 한 단계 더 높은 바둑의 경지에 이르게 된다.

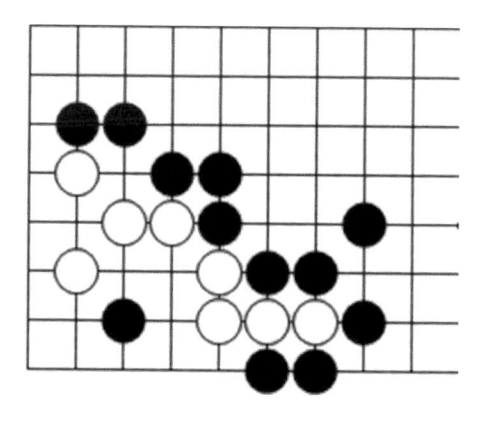

　문사범은 사활문제를 즐겨내곤 하였다. 어디서 찾아왔는지 듣도 보도 못한 어려운 사활문제를 들고 나와 구름을 당혹하게 하기 일쑤였다. 하루는 아니나 다를까 문사범이 사활문제를 하나 풀어보자고 한다. 문제를 보니 답이 영 떠오르지 않는 어려운 문제였다.

이 모양을 보면 흑선백사의 문제이다. 패가 나면 실패한다. 구름은 아무리 이리저리 용써봐도 풀리지가 않았다.

"마음이 시커메서 그래. 하하하."

박사범이 놀려댔다. 나중에 문사범이 풀어주자 구름은 문득 깨닫는 바가 있었다.

'아! 바둑에서는 고정관념이 참으로 무서운 것이로구나. 기존의 사고의 틀에서 벗어나야겠다…'

구름은 문파에서 바둑수업을 나온 후로 근 1년을 박사범과 문사범과 함께 했다.

제8화 **고정관념**

문사범은 아주 뚱뚱했다. 박사범은 늘 문사범을 '드럼통'이라고 놀려댔다. 뚱뚱하단 뜻이었다. 문사범은 '내일부터 다이어트 할 거야'하고 늘상 말하며 엄청 먹어대곤 하였다. 어느날 오후 만방기원에 모인 구름과 박사범, 문사범은 점심을 짜장면으로 먹을까 생각하고 있었다. 박사범이 말했다.

"드럼통. 다이어트 하겠다고 했으니 오늘 점심은 굶는 것이 어때?"

박사범은 문사범의 배를 꼬집으며 놀려댔다. 구름은 웃고 있었다. 문사범이 정색을 하며 말했다.

"다이어트 하려면 무조건 먹지 말아야 한다? 이건 편견이라구. 요즘이 어떤 시대인데 그런 생각에 사로잡혀 있는 거지? 살을 빼려면 먹는 것을 줄이는 것보다 규칙적인 운동이나 적절한 식습관이 더 중요한 거라구."

"맞아요. 물론 너무 많이 먹으면 안 되지만 식욕을 무조건 참는 건 아닌 것 같아요. 하하."

구름이 맞장구를 쳤다. 박사범이 주전자에서 물을 한잔 따라 먹으며 고개를 저었다.

"몰라. 알아서들 혀. 하하."

구름은 생각했다. 다이어트는 무조건 먹지 말아야 한다는 기존의 고정관념이 사라져가고 있는 시대에 자신이 살고 있음을 깨달은 것이다. 며칠 전 문사범이 내준 사활문제를 고정관념에 사로잡혀 풀지 못해 끙끙대던 자신이 생각났다. 기존의 사고방식의 틀에서 벗어나 새로운 사고를 할 필요가 있음을 삶 속에서 느낀 것이었다.

제9화 **해룡과 우담**

구름 친구 해룡은 별명이 '천하사목'이었다. 4점을 접고 두면 천하에 당할 자가 없다는 뜻의 별명이었다. 구름은 해룡을 신촌의 정심기원에서 만났다. 해룡은 얼굴이 동그랗고 남성적인 느낌을 풍겼다. 두툼한 입술에 볼에 보조개가 있었다. 둘은 마치 한판에 목숨이 걸린 양 인생이 걸린 양 심각하게 두곤 했다. 바둑이란 게 참 묘해서 장고를 좋아하던 두 기객이 만나니 금세 친구처럼 다정한 사이가 되고 말았다.

그 기원에는 우담이란 기인이 종종 들르곤 했는데 우담은 스님도 아니요 예수를 믿는 교인도 아니면서 종교에 대해 해박한 지식을 가지고 있었다. 그는 초야에 묻혀 사는 철학자요 기인이었다. 얼굴에 약간의 곰보자국이 있었고 추한 모습은 아니었다. 걸을 때 오른쪽 어깨가 약간 내려가 있었다. 그는 유비의 휘하에 있던 제갈량 같은 책사였다. 바둑도 곧잘 두던 우담은 정심기원에서 구름과 해룡과 의기투합하기에 이른다. 첫 술자리에서 구름은 자신은 도룡문의 후계자라 했다. 해룡과 우담은 짐짓 놀라는 눈치였다.

그 당시 6대문파 중에 한 문파였던 도룡문은 극히 비밀스런 조직이었다. 도룡이란 호칭으로 불리우던 도룡문 문주를 필두로 좌우호법에 우호법 은산, 좌호법에 괴파가 있었고 밑으로 하전사가 있었다. 이를 모태로 태동한 것이 도룡문으로 지극히 비밀스런 조직이었다. 도룡문은 원래 천사파에서 활동하다 분파되어 나온 것이었다. 그래서 더욱 신비스런 조직이었다. 천사파의 문주였던 '미'는 바둑에 미쳐버려 광인이 되었다. 그는 바둑계의 태산 북두로 일컬어졌으나 미친 후에는 다들 그와 바둑 두기를 꺼려했다. 천사파는 와해됐고 도룡문이 그 뒤를 잇게 된다.

해룡은 신촌사거리의 정심기원의 터줏대감이었다. 거기서 9점 접바둑부터 시작하여 바둑을 배웠다. 기재가 뛰어나 아마5단까지 이르렀을 때 여러 지방을 돌아다니며 바둑수업을 하던 구름을 만난다. 여기에 책사 우담이 함께 하게 되니 그 삼총사는 실로 바둑계의 떠오르는 보배 같은 존재들이었던 것이다. 근데 해룡과 우담은 내기바둑을 즐겨했고 구름을 은연중에 거기로 끌어들이곤 했다. 구름은 내심 못마땅했지만 친한 친구들이기에 모른 척 해주곤 하였다.

제10화 **구름과 앵두 이야기 – 설악에 가다**

구름이 해룡과 우담을 만나던 신촌 정심기원시절. 구름은 우연히 길에서 지갑을 줍게 된다. 빨간 지갑이었다. 보니 여자 지갑이었고 이름은 앵두, 전화번호가 적혀있었다. 공중전화 박스에 가서 전화를 걸어 만나기로 했다. 지갑을 돌려줄 요량이었던 것이다. 근데 만나보니 안경을 쓴 앵두의 앳되고 청순한 모습에 구름은 첫눈에 반해버렸다. 앵두의 웃는 모습은 가지런한 치아에 입술이 매력적이어서 아주 미인이었다.

앵두도 구름이 마음에 들었던 걸까? 구름과 앵두는 친하게 지내기 시작했다. 신촌 카페에서 커피를 마시며 담소를 나누고, 연극도 함께 보았다. 불꽃축제에도 함께 갔다. 둘은 무척 친해졌다. 구름이 도룡문하생이라는 것은 앵두도 알고 있었다. 실상 앵두는 기통문의 출중한 여제자였던 것이었다. 구름은 앵두가 기통문의 촉망받는 여제자라는 사실을 까마득히 모르고 있었다. 앵두는 자신의 신분을 감추고 있었다. 구름과 해룡, 우담과 앵두는 서로 맥주를 같이하며 즐거운 나날을 보내곤 했다.

어느 날 구름과 앵두는 강원도에 있는 설악산에 가기로 하였다. 구름이 배낭을 멨다. 배낭 속엔 텐트와 먹을 것이 들어있었다. 설악산행 버스에 타고 가는데 둘은 맨 뒷자리에 나란히 앉아있었다. 앵두가 참치통조림을 하나 꺼냈다. 구름은 맛있게 먹었다. 졸음이 밀려들었다. 구름은 앵두의 무릎 위 다리 사이에 얼굴을 파묻고는 잠이 들었다.

설악산은 명산이었다. 둘은 매우 유쾌해졌다. 아침 겸 점심으로 산채비빔밥을 사먹고는 개울가에 발을 담그고 즐거운 시간을 보낸 후 산행을 시작했다. 구름은 이마에 땀이 비 오듯 했다. 텐트가 들어있는 무거운 배낭 때문이었다. 앵두는 구름을 앞서거니 뒤서거니 하며 흥겹게 올라갔다. 소청봉에 다다르자 둘은 펼쳐진 경관에 흠뻑 젖어들었다. 소청봉에서 바라본 중청봉과 대청봉의 위용과 산세가 참으로 수려하고 아름다웠다. 둘은 기념사진을 찍었다. 산세는 수려하고 두 연인은 소요자적하니 천상낙원이 따로 있는 것이 아니었다. 구름은 생전 처음 보는 절경에 넋이 나가 '세상에 이런 곳도 있구나' 하며 감탄을 연발하고 있었다. 대청봉에 다다르니 발밑은 짙은 운무에 휩싸여 마치 둘은 신선이 된 듯한 착각에 빠졌다. 저녁 노을이 지고 있는 끝없이 펼쳐진 능선들의 장관은 호연지기를 느끼기에 한 점 부족함이 없었고 너무나 아름다웠다. 둘은 서로를 가볍게 껴안고 노을을 바라보며 설악의 정상에서 기쁨을 만끽하고 있었다.

저녁이 지나 어두컴컴한 밤이 되자 배낭을 펼치고 텐트를 쳤다. 근데 잠자리에 들자 설악의 정상의 밤은 너무나 추웠다. 한여름이건만 텐트 속은 영하의 서늘한 찬 기운으로 가득했다. 둘은 서로를 부둥켜 끌어안고는 서로의 체온으로 온기를 만들며 덜덜 떨면서 하룻밤을 보내고 있었다. 아침이 되어 삼층밥에 참치를 넣은 김치찌개를 해먹으니 세상에 이렇게 맛있는 밥도 있구나 싶을 만큼 너무나 맛있었다. 오색약수 쪽으로 내려오는 길은 그다지 험하지 않았다. 한걸음에 내려온 그들은 오색약수를 먹고는 다시금 버스에 올라 서울로 왔다.

제11화 **무림바둑계의 현황**

대자연에 음이 있으면 양이 있듯이, 빛이 있으면 그림자가 있는 법이었다.

무림바둑계에도 정파와 사파가 있었다. 행실이 옳지 못하고, 내기바둑, 도박바둑을 허용하고 즐기며, 정도를 걷는 바둑인들이 금기시하는 수들을 즐겨 두곤 하는 사람들이 있었다. 그들은 처한 환경이 어두운 색일 수밖에 없었다. 또한 정도를 걷는 사람들도 마귀의 꼬임에 빠져 사파의 사람들보다 더한 시샘과 질투, 돈과 명예에 대한 욕망으로 점철되어버린 사람들도 없을 수가 없는 인생인 것이다.

구름은 정도를 걷고자 노력하는 사람이었고 어려서부터 무림바둑계의 정파의 도량에서 배우고 익혔으며 후계자까지 되는 영예를 얻었다. 세상이 정도를 걷는 정의와 사랑이 가득한 세상이 아님은 우리네 인생살이의 소외되고 어두운 그림자 속에 살아가는 사람들로부터 알 수 있듯이 빛보다는 고통스런 어둠이 더 많은 게 사실이다.

무림바둑계에 골칫거리가 하나 있었으니 스스로 미쳐버린 절대고수 광인의 일이었다. 광인은 정도를 걷길 포기하고 사파의 극악한 수법들과 행실들로 자신을 더럽혔으니, 오호통재라 기재가 너무나 아까운 것이다. 구름은 광인을 대적하여 광인을 무림바둑계에서 축출하려고 부단히 노력하는 중이었다. 정파가 있으면 그에 필적할 사파도 있는 법. 사파의 우두머리는 광인이었으며 또 한 문파를 이룬 쌍도끼파도 무림바둑계의 골칫거리 중 하나인 사파의 집단이었다. 하지만 하늘이 오롯이 정파만을 선택하지 않는 것은 우리네 인생살이를 보아서도 알 수 있듯이 양이 있으면 그에 반대되는 음이 있는 자연의 섭리에 따른 것임이 역력하다. 이에 '무림바둑'은 구름이라는 도룡문의 후계자가 무림바둑계에서 당대에 내로라하는 고수들을 상대하여 연거푸 열 번의 대국을 통해 절대고수의 반열에 오르고 또한 사파와 대적하는 이야기이다.

바야흐로 바둑계에는 정파라 불리우는 도룡문, 항아리파, 기통문, 블루파라는 4대문파가 있었고, 사파로는 쌍도끼파가 대구에서 터를 잡아 융성하였으며, 비록 문파를 이루지는 못했지만 인품이 훌륭하여 많은 제자들을 길러내고 바둑계에 공헌한 비단이라는 인물이 있어 사람들은 그들을 비단파라 불렀다. 이 육대문파가 벌이는 무림바둑의 흥미진진한 이야기가 바로 '무림바둑'이다.

제12화 **지존대회의 개최**

때는 바야흐로 한여름이 자나고 곡식이 풍성히 익는 천고마비의 어느 가을날. 광주 무등산자락에 위치한 기통문의 도장에서 지존대회가 개최되었다. 지존대회는 5년에 한 번씩 각 문파별로 돌아가며 개최하게 되어 있었다. 기통문의 차례였던 것이다. 6대문파의 명망 있는 재야의 바둑고수들이 초청되어 서로 바둑계의 앞날을 논의하며 친목을 다지는 뜻깊은 자리인 것이었다, 이때 구름의 나이는 21살이었다.

각 문파의 수장과 제자들이 도장에 속속 모여들 즈음, 구름은 한 무더기 인파 속에 있는 앵두를 보게 된다. 구름은 크게 놀랐다. 이 지존대회에 참석할 자격이 있는 사람은 극히 제한적이었기 때문이다. 기통문의 문주 청산걸인의 옆에서 화사하게 차려입고 웃고 있는 앵두를 본 구름은 그제서야 앵두가 바둑고수임을 알게 되었다. 구름이 앵두에게 다가가 말을 건네자 앵두는 기쁘게 받았다. 둘은 깔깔대며 이야기하기 시작했다.

서로 친목을 다지고 즐거운 연회가 끝난 후 바야흐로 이번 대회의 최대

안건인 광인에 대한 바둑계의 입장을 결의하는 시간이 다다랐다. 그는 천사파의 문주로서 아름다울 '미'라고 칭송되었고 많은 이들로부터 지존으로 추앙을 받던 인물이다. 하지만 수련 중 불의의 사고를 당해 스스로 광인이 되어버린 뒤에는 온갖 추잡한 행적과 사기바둑으로 바둑계를 혼란에 빠뜨렸다. 바둑계에서 금기시하는 수들을 두어 눈살을 찌푸리게 하는 것은 그나마 나았다. 제자로 받아들이는 여자들을 겁탈하고 다니며 그녀들의 인생을 망쳐놓았고 내기바둑을 통해 사기를 치는 바람에 광인 때문에 한 동네가 초토화되곤 하였다. 집문서를 날린 피해자들이 속출하였고 광인이 휩쓸고 지나간 동네는 십중팔구 민심이 흉흉해지고 무림바둑에 대한 원성이 극에 달하곤 하였다. 6대문파의 수장들과 후계자들 및 재야의 고수들은 그동안 바둑계의 태산북두로 받들던 그가 스스로 광인이 된 것에 대해 깊은 탄식을 내뱉었다. 광인은 단언하기를

"내가 바둑에 지면 오른손을 자르고 바둑을 접겠다!"

고 단언하고는 수많은 무림고수들과 바둑을 두곤 하였다. 그는 절대 지지 않는 무적의 광인이었다. 모든 문파의 수장들은 도룡문 문주인 도룡에게 한마디를 듣고 싶어했다. 도룡문은 미가 창건했던 천사파에서 분파되어 나온 문파였으므로 좋은 의견을 도룡문주가 내주길 간절히들 원하고 있었던 것이다. 도룡이 말을 시작했다.

"광인의 파렴치한 행적은 무림바둑계의 큰 골칫거리가 되었습니다. 광인을 무림바둑계에서 몰아내야 합니다. 광인을 몰아내는 방법은 바둑으로써 밖에 없을 것 같습니다. 제가 제안을 하나 하고 싶습니다. 우리 각문파의 내로라하는 수장들은 모두 이전에 광인과 대결하여 패한바 있습니다. 그러므로 새롭게 떠오르는 미래의 샛별들인 항아리파의 의리나 우리 도룡문하의 구름에게 우리 바둑을 전수해줍시다. 그리하여 그들로 하여금 광인과 대적하여 이기게 하는 것이 제일 합당한 방법이라고 생각이 듭니다."

구름과 의리는 세인들이 앞으로는 그들의 시대가 도래할 것을 의심치 않으며 '좌구름 우의리'라 칭하며 큰 기대를 걸고 있던 바둑계의 재목들이었다. 모두들 도룡문주의 의견에 고개를 끄덕이며 찬성을 하고 있었다.

의리는 덜컥 겁이 났다. 천성이 순박치 못하고 자신밖에 모르며 교만하기 일쑤였던 의리는 아무도 이길 수 없는 광인과 대결을 하는 것은 자기에게 큰 손해라고 여겼다. 더군다나 프로입단대회를 준비하고 있던 터라서 입단준비에 여념이 없을 때라 많은 시간을 할애하여 광인에게 신경을 쓰기가 싫었던 것이다. 의리는 도룡문주의 의견에 동의할 수 없었다. 또한 자기가 내심 흠모하던 기통문의 앵두와 구름이 친한 모습을 보이자 크게 시샘이 일고 있던 참이었다. 의리는 구름을 곤경에 빠뜨려 광인과 대적하게하고 큰 낭패를 보게 하고 싶었다. 의리가 말을 막 꺼내려는 찰나 구름이 먼저 말을 했다.

"저는 자격이 없습니다. 광인을 이기고자 하는 호기는 클지라도 실력이 크게 부족합니다. 의리는 입단대회를 준비할 정도로 기재가 뛰어나니 의리로 하여금 광인을 이기게 하는 것이 좋다고 생각합니다."

구름은 지존대회의 결정에 사양하고 있었다. 이때 항아리파의 문주 항아리가 이에 맞장구를 쳤다.

"맞습니다. 구름은 가문의 비기인 도룡비급을 연마하던 중에 주화입마에 빠진 적이 있습니다. 우리 항아리파의 의리는 가문의 수련을 착실히 쌓아왔고 크게 다친 적이 없으니 의리에게 기회를 주는 것이 옳습니다."

구름이 주화입마에 빠졌었다는 것은 바둑계에 극히 일부만이 알고 있는 사실이었다. 다들 그 이야기를 듣고 동요하기 시작했다. 앵두의 얼굴에도 근심이 어리기 시작했다. 의리가 이때 말을 받았다.

"구름은 비록 주화입마에 빠져 큰 곤경에 처한 적이 있지만 도룡문의 설희동문의 극진한 간호로 다시 살아났습니다. 또한 기재가 뛰어나니 구름이 이에 광인과 대적하는 것이 낫겠습니다. 저는 입단대회를 준비하는 터라 시간을 내기 힘드니 정중히 사양합니다."

항아리는 모든 이들이 바둑진보를 위해 도와줄 이 귀중한 기회를 사양하는 의리의 말에 눈이 휘둥그레졌다. 이해할 수 없었던 것이다. 비단이 말을 이었다.

"그럼 우리가 구름을 이번에 십번기를 통해 바둑수업을 하게 하고 십번기가 끝나는 해 겨울에 광인과 대적하게 합시다. 광인이 구름에게 패한다면 광인은 스스로 물러날 것입니다. 저를 비롯한 5대문파와 재야의 고수님들은 구름을 도와 구름에게 십번기를 해주시길 청합니다. 그 십번기를 통해 구름은 강해질 것이고 광인과의 대결을 벌인다면 승산이 있을 것입니다."

구름은 어릴 적 영재입단대회 결승에서 자신을 이겼던 의리가 광인과 대적하길 바라고 있었다. 의리의 뛰어난 기재를 보았었기 때문이다. 하지만 의리가 사양하고 모두가 구름을 지목하니 더 이상 사양할 수도 없는 노릇이었다.

"그럼 소생이 한번 광인과 명예를 걸고 혼신을 다해 싸워보겠습니다. 많은 가르침들을 바랍니다."

설희와 앵두는 지존대회의 결정에 내심 뛸 듯이 기뻐하고 있었다. 구름이 이무기에서 용이 될 것 같았기 때문이다.

모두는 구름을 내세우기로 하고 한 달에 한 번씩 각문파의 고수들과 재야의 고수들을 통해 구름에게 바둑을 가르쳐주기로 하고 대회를 마쳤다. 쌍도기파는 사파였지만 자신들에게도 엄청난 해악을 끼친 광인을 축출하자는 지존대회의 결정을 따르고 있었다.

그리하여 그들은 광인과 대적할 상대로 구름을 지목했으니 구름의 십번기가 이에 탄생하게 된 배경이다.

제13화 유수부쟁선(流水不爭先)

지존대회가 끝난 지 두 달 후, 부여 부소산 도룡문 산사.

구름은 사형 은산과 설희와 함께 낙화암에 올랐다. 도도히 흐르는 백마강의 노을을 보기 위함이었다. 은산은 도룡문 좌우호법의 한명으로 잘생긴 외모에 풍채도 건장하기 이를 데 없었다. 설희는 긴 생머리에 눈매가 예쁘고 이마가 약간 넓은 전형적인 옛 조선의 미인형이었다. 키는 앵두의 큰 키에 비하면 조금 작은 편이었다.

지존대회의 결정에 따라 구름은 내년 초부터 시월 말까지 매달 십번기를 치르게 되어있었다. 도룡문을 떠나 서울로 올라가 바둑수업을 한지 2년 만에 다시 도룡문으로 돌아왔던 것이다. 낙화암에 다다라 백화정이란 소박하기 이를 데 없는 조그만 정자에 다다랐다.

"어 이게 뭐지?"

설희가 부채 하나를 정자난간에서 발견한 것이다. 낙화암 정자에 덩그러니 놓여있던 그 부채를 펼치니 한자로 '流水不爭先'이란 글귀가 적혀있었다.

"유수부쟁선이라. 사형 이 뜻이 뭔지요?"

"말 그대로 하면 흐르는 물은 앞을 다투지 아니한다란 뜻이지. 물이란 본디 위에서 아래로 흘러. 물살을 따라 마치 순리에 순응하듯 도도히 흐르지. 냇가를 지날 양이면 돌들에 치이며 이리저리 꺾이며 흐르다가 어느새 폭포수가 되어 떨어지지. 결코 앞을 다투지 않지. 도도히 흐를 뿐이야."

사형 은산은 자상히 설명해 주었다. 설희가 말했다.

"바둑도 이와 같은 것이 아닐까요?"

은산과 구름이 설희를 바라보았다.

"바둑에서 승부의 기로에서 긴장하지 않는 사람은 없어요. 많은 갈래길에서 방황하고, 이기고자 하는 욕망과 승부에 대한 집착과도 싸워야 하며 상대의 비밀스런 유혹을 물리쳐야 하고, 내적 평정심을 유지하기 위해 노력하죠. 그렇지 않으면 대세가 기울어지는 클라이맥스, 승부처니까요. 막바지로 치닫는 승부의 분수령에서 집착을 버리고 마음을 비우는 작업, 그것이 유수부쟁선의 참뜻이 아닐까요?"

　설희의 슬기로운 말에 모두들 고개를 끄덕이며 찬탄했다. 다들 도도히 흐르는 백마강을 바라보았다. 저녁노을이 몰려오고 있었다. 구름은 이 부채의 휘호를 보고는 깨닫는 바가 있었다. 광인과의 대결을 위해 십번기를 벌이게 될 구름은 노을을 바라보며 결의를 다지고 있었다.

3부

십번기에서의 고전

제14화 십번기 제1국 : 항아리와의 대국

　여기는 인천의 항아리파의 본산. 조개가 모래를 삼켜 살이 뭉그러지고 피가 난 후에야 진주를 잉태하듯 바둑계에 그러한 숨은 인재가 있었으니 구름이었다.

　1월의 춥디추운 겨울, 구름은 어느덧 22살의 열혈청년이 되어있었다. 상대하는 항아리파의 사람들은 모두가 대머리였다. 마치 항아리를 연상케 하는 그들의 모습은 조금 웃겼지만 워낙 바둑이 세고 단단한 기풍의 소유자들이어서 바둑계에 그 위맹이 쟁쟁했다. 특히 터 잡은 인천은 바둑고수가 많기로 소문난 곳이었다.

　구름의 대국상대는 항아리파의 문주 항아리였다. 그는 불꽃처럼 타오르는 맹렬한 불길이었다. 모든 무림의 강자들은 항아리에게 번번이 패할 만큼 강맹했다. 그는 한 문파의 수장으로 나이는 어느덧 중년을 넘어가고 있었지만 바둑실력만큼은 타의 추종을 불허했다. 구름은 십번기 제1국부터 너무 강한 상대를 맞아 약간 기가 죽어있었다. 구름의 흑번이다. 제한시간은 각자 1시간에 초읽기 30초 3회였다. 포석은 흑이 좌하귀를 굳히는 데서 출발하고 있었다. 구름이 애용하는 필승 포석이었다.

　포석이란 어느 시스템의 백본(backbone)에 해당한다고 할 수 있다. 하나의 시스템이 완성되기 위한 기초작업을 백본이라 한다면 바둑에 있어서는 포석이 그에 해당했다. 농업을 예로 들어보자. 일 년 농사의 성패는 밭갈기에서부터 시작한다. 밭을 갈아 곡물이 자라기 풍부한 토양으로 만드는 작업이 선행되어야하는 것이다. 포석이 밭갈기에 해당하는 것이어서 초반에 돌들을 적재적소에 잘 배치해놓아야 중반전투나 승부처에서 큰 힘을 발휘하는 밑거름이 된다. 바둑고수들일수록 초반포석에 시간을 많이 할애하며 많은 신경을 쓴다. 그만큼 중요한 것이었다. 아름다운 그림을 그리기 위한

데생작업인 셈이다.

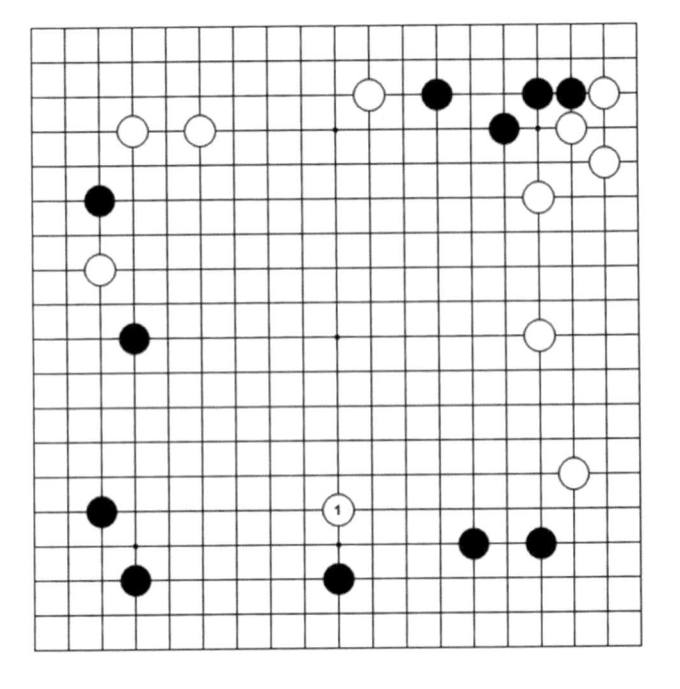

[장면도 1] 항아리의 모자씌움

백①은 모양삭감의 요처였다. 무릇 고수들의 족보에 있는 수. 구름은 약간 한기를 느꼈다.

가뜩이나 얼어있는 터에 한기를 느끼니 괴로웠다. 항아리 문주의 포석에 서의 돌의 움직임이 아주 정연하고 이치에 맞는 좋은 수들을 두어오고 있었기 때문이다. 한없이 땅따먹기를 할 것 같던 반상은 서로가 모양깨기에 나서고 기세가 용호상박 충돌하는 터에 난전의 양상으로 치닫고 있었다. 난전의 용사였던 박사범은 구름에게 늘 이런 말을 들려주곤 했다.

"너는 첫 번째 떠오르는 착상, 두고싶은 첫수, 그 수를 외면하지 마라. 동물적인 본능적인 그 한수를 믿어라. 그 수가 제일 좋을 경우가 아주 많다.

난전에 휘말리지 않도록 조심해야 한다. 이리저리 허둥대면 지기 마련, 네
갈 길을 그 동물적인 감각대로 오롯이 가라!"

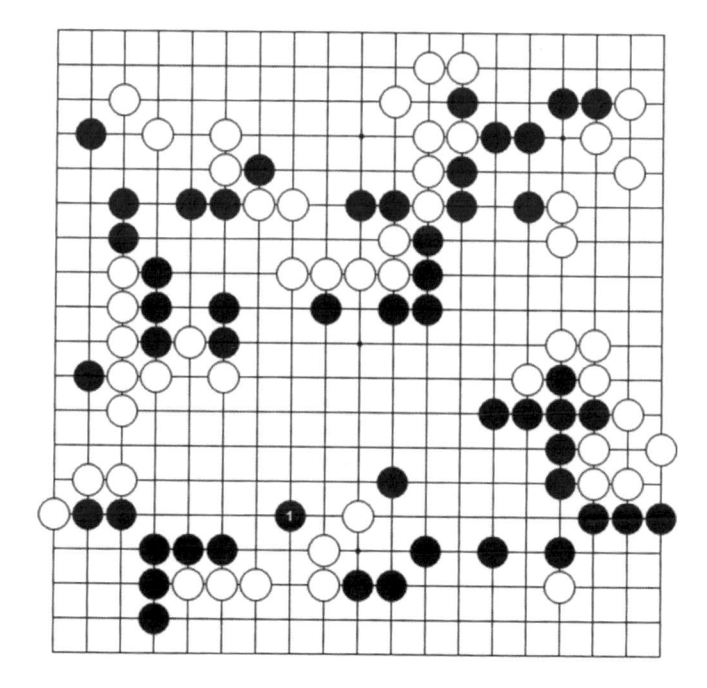

[장면도 2] 백대마 풍전등화

흑이 흑❶로 모양의 급소를 집어나가자 항아리의 대마가 갑자기 이상해
졌다. 끝내기를 서두르다 위기에 처한 것이었다. 항아리는 썩은 미소를 지
었다. 자세히 보면 백돌주위에 흑돌들이 많아서 두 눈을 내기가 쉽지 않은
것이었다. 두 눈을 낸다는 것은 상대방 돌로 둘러싸여도 살아있다는 것을
의미한다. 한 눈밖에 나지 않으면 둘러싸이면 죽는다. 현재 집이 많이 부족
하여 패국이 분명했던 구름에게는 천재일우의 기회가 찾아온 것이었다. 대
마를 잡고 쾌승을 할 수 있을 것인지…

대마불사란 말이 있다. 일찍이 일지매 유창혁은 대마를 잘 공격했지만 잡

지 않기로 유명했다. 공격을 통해 부수적인 이득을 보는 걸로 만족하곤 했다. 대마를 잡으러 가면 상대는 살려고 발버둥치기 마련이다. 천라지망 같던 포위망의 한쪽이 허물어지면 대마는 살아간다. 특히 대마가 하나일 경우는 더욱 잘 죽지 않는데 살리는 기술이 많기 때문이다, 물론 대마를 잡는 것은 권투의 케이오펀치처럼 짜릿한 쾌감을 준다. 하지만 대마는 쉽게 죽지 않는 법인데 이 바둑에서는 어떻게 될까?

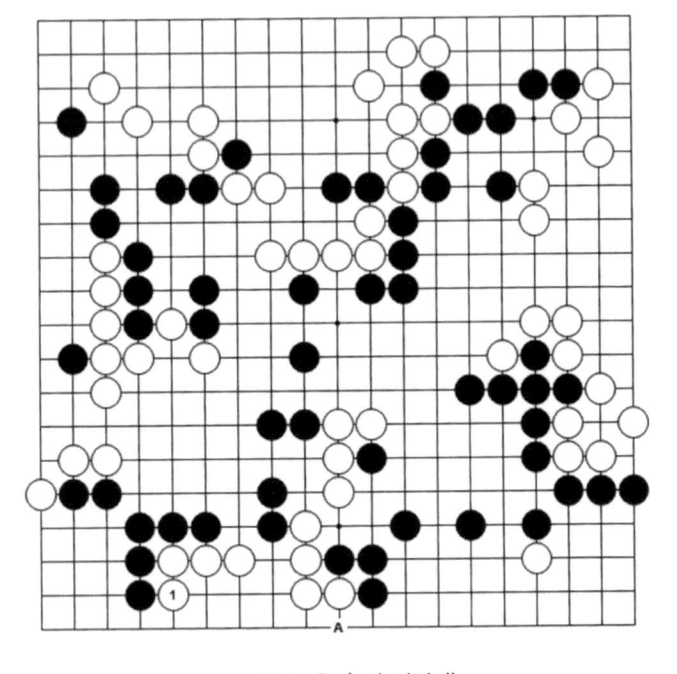

[장면도 3] 흑의 시간패

백 대마가 흑의 천라지망에 갇힌 모습. 백이 용껏 백①로 막아보지만 흑이 A로 젖히면 백은 두 눈이 나질 않아 죽게 된다. 초읽기에 몰린 항아리와 구름. 초읽기 시계는 분주히 십, 구, 팔을 외쳐댄다. 마지막 초읽기였다. 그런데 구름에게 운명의 여신이 장난을 건다. 마지막 초읽기였건만 한번의 초읽기 기회가 더 있는 줄로 구름은 착각을 한 것이었다. 구름은 중앙에서 한 눈이 나진 않겠지? 내가 A로 젖히지 않으면 두 눈이 나서 살게 되겠지. 이런 일련의 마지막 수들을 생각하고 있었던 것이다. 구름의 시간패. 항아리 문주의 승리였다. 구름은 대국실을 나오며 너털너털 중얼거렸다.

"구름처럼 흘러갔건만 시간을 몰랐구나…"

시간패도 엄연한 패배였다. 광인을 이겨야 하는 막중한 소임을 받고 항아리 문주에게 지도를 받았으나 패하고 말았다. 구름은 의기소침해져 버렸다. 바둑계의 사람들에게 인정받고 싶었고 멋진 모습을 보여주겠노라고 다짐하던 엊그제일이 떠올랐다. 하지만 패했기에 그 자괴감이 컸다. 십번기 1국에 패하자 내가 진정 광인을 이길 수 있는가에 대한 의구심이 마음속에서 강하게 밀려들어왔다. 구름은 비로소 이 소임을 깨닫기 시작한 것이었다. 십번기 상대를 이겨야 하는 것만큼 자기 자신과의 싸움에서도 이겨야 했다.

제15화 벗들과의 술자리

십번기 1국이 끝난 후 일주일이 지났을 때 신촌의 한 호프집에 구름의 친구들이 함께 모여 있었다. 구름과 앵두, 해룡과 우담이었다. 그곳은 그들의 아지트였다. 레코드판에서는 벳 미들러의 '더 로즈'라는 노래가 잔잔히 흐르고 있었다. 붉은 벽돌을 쌓아올려 만든 칸막이 안에 전등이 은은히 빛나고 있었다. 피쳐로 한잔 가득 마신 구름은 짐짓 일국의 패배를 잊은 듯 유쾌해졌다.

"내가 시를 한 수 읊어볼 테니 들어들 보시겠는가?"

구름은 기분이 좋아질 때는 즉석에서 시를 짓곤 하였던 것이다. 아버지 가백의 피를 물려받은 구름은 시를 쓰는데 일가견이 있었고 그 착상이 탁월하고 담백하여 아버지를 빼다 박은 듯하였다. 구름이 이런 모습을 보일 때면 앵두는 구름에게서 묘한 매력을 느꼈다. 너무나 남자답고 매력 있어 보였던 것이다.

"내게 바둑알의 소리가 들린다.

아프다고, 긴장하고 있다고, 돌들이 말을 건네온다.

돌들은 본래 자유로웠다.

바둑돌 통에 담겨 자기의 진가를 알아줄 그 누군가를 기다렸다.

반상에 아름답게 수놓아지길 기다리며.

자유로운 영혼의 소유자일까?

돌에 생명력을 불어넣는 그는.

바둑돌들은 그 영혼에게 복종하겠지. 자유를 만끽하게 해주므로.

바둑알이 놓이는 소리가 반상에 울려퍼진다.

마치 천사의 날갯짓처럼."

"하하. 구름은 자유로운 영혼이야. 너무 멋져."

해룡이 짐짓 시에 감탄하며 말을 했다. 그러면서 말을 이어갔다.

"실상 바둑에도 정도(正道)란 것이 있지. 바른길이란 정도를 일컫는 거야. 혼란스럽지 않고 무질서하지도 않으며 승부에 초연하게하고 순리에 따르게 하는 길이지. 물론 우리들은 바둑에서 이기고 싶어 하지만 아이러니컬하게도 이기고자하는 욕심을 버릴 때에야 정도에 가까워지지. 승리의 여신은 그런 이들에게 미소를 짓는 법이거든. 돌부처 이창호나 전신 조훈현이나 걸었을 이 길을 무욕의 길이라고 말해도 무방할 것 같아. 하지만 누구나 우리들도 승리를 꿈꾸며 살기에 그 이기고자하는 욕망을 나쁘다고 표현한다면 이는 삶을 왜곡하는 것이 아닐까?"

우담이 여기에 끼어들었다.

"해룡은 아주 중요한 점을 얘기했어. 두 사람이 바둑을 둔다고 해. 서로 어우러지고 대화를 통해 세상이 발전해나가듯 수담을 통해 사람은, 바둑은 진보하는 거지. 승부욕이 거칠고 투박할수록 승리와는 거리가 멀어. 하지만 욕심을 가지지 않은 사람이 있을까? 그러나 아이러니컬하게도 승부에 초연할수록 돌을 버릴 줄 알게 되고 더 나은 수를 둘 줄 알게 되는 이 모순을 어떻게 설명할 수 있겠어? 우리네 초야의 범인들은 알아야 해. 깨달음은 이런 사상의 작용에서 힌트가 생기는 법이거든. 깨달음을 얻은 이는 웃을 줄 알고 고독을 아주 친한 벗이라 부르는 사람이지. 홀로 깨닫고 홀로 실천하지 않으면 고수가 될 수 없음을 진정 아는 사람인 거지."

앵두가 이들의 선문답 같기도 한 철학적 사고의 세계에 끼어들었다.

"저는 바둑을 인생에 비유하는 것이 참 적당하다고 생각해요. 승리의 순간, 그 짜릿한 감격의 순간을 향해 우리는 바둑을 두지만 그리 호락호락하지 않은 게 바둑인지라 한판의 바둑에서 이리 깨지고 저리 치이고 좌절하고 절망한 후에야 우리는 문득 깨닫는지도 몰라요. 절망을 씹어먹어본 사람, 눈물 젖은 빵을 먹어본 사람만이 극복해낼 수 있는 게 삶이란 것을요."

구름은 해룡과 우담, 앵두의 이야기를 듣다보니 십번기 1국의 패배의 아픔이 가셔지는 것을 느꼈다. 술이 들어가니 아픔이 가시고 짐짓 유쾌해졌다. 구름이 다시 말을 했다.

"바둑돌에게 사랑이나 우정이 있을까? 난 있다고 봐. 때론 기꺼이 자신의 목숨을 던져 다른 돌을 구해내기도 하고, 서로 멀리 떨어져 있어도 항상 그 돌을 생각하며 그 돌이 잘 되기를 바라지. 난 바둑알을 만지작거리다 보면 마치 저 밤하늘의 빛나는 별을 만지고 있는 듯한 착각에 빠져들어…"

구름의 순수함이 묻어나는 이야기에 앵두는 구름을 뚫어져라 바라보고 있었다. 구름이 너무나 멋있어 보였던 것이다. 그들은 밤늦도록 무슨 할 말이 그리 많은지 맥주잔을 기울이며 이야기에 정신이 없었다. 그렇게 신촌의 밤은 또 저물어갔다.

제16화 십번기 제2국 : 개발과의 대국

족발도 아니고 닭발도 아니고… 개발. 어딘지 꽤 잘 둘 것 같은 이 인물은 프로지망생이다. 바둑사이트에서 최고단인 9단을 달고 승승장구 중이었다. 9단에서도 전적이 꽤 괜찮은 아마강자였다. 구름도 프로의 꿈을 꾸고 있었다. 구름은 쟁쟁한 바둑계의 숨은 고수들과 연거푸 대국하며 꿈을 실현시키고자 나아가는 중이었다.

개발은 실리를 중시하고 중요한 요처를 결코 놓치지 않는 강자였다. 전투에 능하고 끝내기에 자신이 있었다. 구름은 언제나 모양을 중시했다. 흔들기에도 여간 재주가 있는 것이 아니었다. 고스톱에서도 흔들기를 하면 판이 커지질 않던가? 바둑에서 흔들기는 승부를 오리무중으로 만든다. 승부처에서 물러섬이 없는 전투력 9000의 막강한 힘을 과시하는 그 배경은 초반 포석단계에서의 단단한 모양을 구축해 놓은 데서 비롯된다. 집을 지을 때 기초공사가 부실하면 건물이 위태로운 것처럼 바둑에서도 초반 포석이 어물쩍하면 중반전에서 힘을 발휘할 수가 없는 것이다.

아무것도 소유하지 않을 때 집을 지을 수 있고, 모든 것을 가졌다고 느끼는 순간 집은 허물어진다. 바둑 두는 사람의 경구로서 집을 지으려 하는 자는 모름지기 집에 대한 욕심을 버려야 한다는 말인 셈이다. 돈이 몇천 억 있다 한들 다이아몬드로 밥을 먹을 순 없는 노릇. 무소유를 깨닫는 사람이 모든 것을 가질 수 있게 되는 것이다.

구름은 개발을 알고 있었고 개발 또한 구름의 위맹을 익히 듣고 있는 중이었다. 구름과 개발은 서로를 두려워했다. 상대의 강함을 알고 있었기 때문이다. 구름의 흑번이다.

[장면도 1] 가문의 비기

흑❶,❸의 밭전자행마는 가문의 비기였다. 구름은 도룡문 맹주의 직계 후계자였다. 도룡문의 비기를 들고 나와 백④를 유도한다. 도룡문의 비기인 도룡비급은 바둑의 비밀스런 기록으로서 문주와 후계자만이 볼 수 있는 것이었다.구름은 도룡비기 1장에서 6장을 수련했다. 7장부터 12장까지는 내공이 상당한 경지에 이르지 않고서는 시전, 바둑에 사용해서는 안 되게끔 되어있었으나 속성으로 고수가 되고픈 열망에 사로잡혔던 구름은 내공이 부족한 상태에서 7장을 연마하다 주화입마에 빠지게 된다. 문주와 그 딸의 지극정성의 보살핌과 간호로 간신히 목숨을 건진 구름. 문득 가볍게 다음수를 두면서 도룡비기를 생각한다.

도룡비급 제4장

열정 하나. 순수함 둘. 동물적인 본능 셋. 상대에 대한 존경 넷.

이 열 가지를 마음에 담는다면 천하를 얻으리라!

'나는 상대에 대한 존경 네 스푼이 부족한 건 아닐까? 개발이라니… 소발도 닭발도 아니고 하하.'

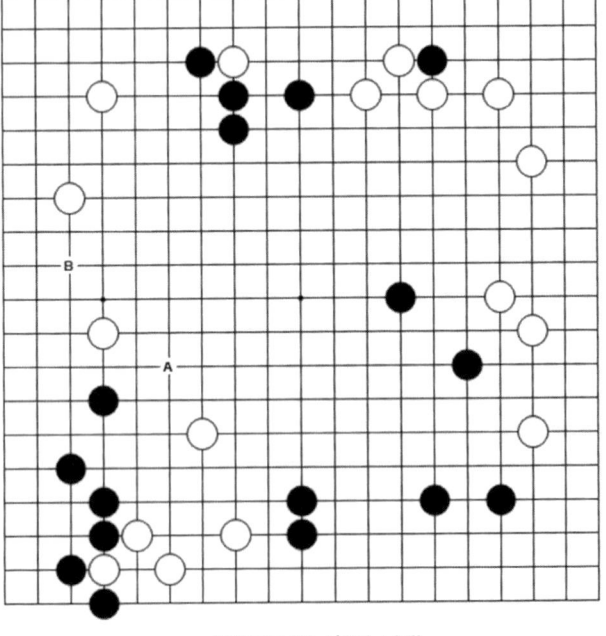

[장면도 2] 흑의 선택

바둑은 물 흐르듯 흐르고 있었다. 여기서는 볼 것도 없다. 흑 A로 갈라나 가야 한다. 흑 B는 엉뚱한 곳이다. 백을 두텁게 해줄 뿐 실리로 그다지 큰 자리는 아닌 것이다. 그런데 오늘의 구름은 컨디션이 영 아닌 것 같다. B의 자리가 커보인 것이다. 구름은 B를 택했다. 좌변의 응접이 끝나고 선수를 쥔 백이 우하귀 삼삼마저 차지하자 구름은 전의를 상실했다. 집으로 도저히 따라잡을 수 없게 된 것이다.

흑은 이젠 흔들기를 해보는 수밖에 없다. 이리저리 끊고 약점을 찔러대어 난전으로 판을 이끌 수밖에 없다. 괴롭다. 판이 이지경이 되도록 돌들을 방치한 자신이 부끄럽게만 느껴진다.

[장면도 3] 흑의 패배

흑이 흑❶로 마늘모행마를 하면서 최후의 발악을 하고 있다. 개발의 응수는 정확했다.

　백②로 단수친 뒤에 백④가 결정타. 구름은 여기서 돌을 거두었다. 백의 불계승! 구름의 십번기 두 번째 패배였다.

　이 바둑은 진주의 남강기원에서 두어졌다. 경상남도 진주의 보배스런 강자 개발의 승리였다. 진주 남강기원에 모인 많은 기객들은 이 바둑을 보며 개발의 물 흐르는 듯한 멋진 반면운영에 혀를 내두르며 말했다.

　"천하에 둘도 없는 바둑이다. 구름이 한수 배웠군!"

제17화　촉석루에서

　대국이 끝난 다음날, 구름은 진주에 온 김에 진주성을 둘러보려고 길을 나섰다. 숙소에서 진주성으로 가는 길에 바라본 진주성의 촉석루는 그 앞에 흘러가는 남강과 한데 어우러져 한 폭의 산수화처럼 고즈넉하기만 했다. 남강가 벼랑 위에 장엄하게 높이 솟아 있는 촉석루는 남원 광한루, 밀양 영남루와 함께 우리나라 3대 누각 중 하나였다. 빼어난 진주성의 경치를 보며 구름은 어제의 패배의 시름을 잊고 있었다. 성에서 강 쪽으로 내려가보니 변영로 시인의 시구가 적힌 비문이 보였다. 그 앞에 흐르는 남강엔 의암이라는 논개가 적장의 허리를 부여잡고 빠졌다는 바위가 있었다. 한겨울의 차가운 공기와 함께 강내음이 밀려들어왔다.

논개 - 변영로

거룩한 분노는 종교보다도 깊고
불붙는 정열은 사랑보다도 강하다.
아 강남콩꽃보다도 더 푸른 그 물결 위에
양귀비꽃보다도 더 붉은 그 마음 흘러라.
아리땁던 그 아미 높게 흔들리우며
그 석류속 같은 입술 죽음을 입맞추었네!
아 강남콩꽃보다도 더 푸른 그 물결 위에
양귀비꽃보다도 더 붉은 그 마음 흘러라.
흐르는 강물은 길이길이 푸르리니
그대의 꽃다운 혼 어이 아니 붉으랴.
아 강남콩꽃보다도 더 푸른 그 물결 위에
양귀비꽃보다도 더 붉은 그 마음 흘러라.

시를 읽으니 논개와 자신의 처지가 비슷한 듯이 생각되어 구름은 문득 비장해졌다. 논개가 적장의 허리를 부여잡고 죽음으로서 나라에 큰 공을 세웠듯이 구름도 광인의 허리춤이라도 부여잡고 강물에 빠져들어야 하는 입장이었던 것이다. 구름은 광인을 무림바둑계에서 몰아내리라는 결의를 다시금 다지고 있었다. 저녁노을이 지고 있었다.

제18화 **비급에 걸린 마법**

도룡사부는 서울로 올라와 있었다. 비단파의 바람과의 제3국을 관전하러 올라온 것이었다. 구름은 십번기 제3국을 서울에 있는 바람과 대국하게 되어 있었다. 바람은 비단파의 가장 강한 기사였고 여자였다. 대국전날, 도룡사부가 구름을 불렀다. 구름은 두 번의 대국을 연거푸 패하여 조금 의기소침해 있었고 기대에 부응치 못해 사부에게 미안한 마음을 가지고 있었다. 구름과 마주한 도룡문주는 뜻밖의 말을 꺼냈다.

"구름아 도룡비급에 얽힌 이야기를 너에게 해줄 때가 된 것 같구나. 이 비기는 사실 너의 아버지이신 가백이 만든 것이다."

구름은 깜짝 놀랐다. 도룡이 이어서 얘기했다.

"너의 아버지 가백은 실은 무림바둑계의 초일류 고수였단다. 무명시인으로 힘들게 살며 방랑생활을 하였지만 무림바둑계에서는 알아주는 강자였다. 그는 자신의 바둑을 완성했고 바둑에 대한 큰 깨달음을 이룬 인물이었다. 그는 자기의 깨달음을 한권의 책으로 내었는데 그것이 바로 네가 익힌 도룡비급이다. 그리고 네 아버지는 그 비급을 익힌 자가 풀어야 할 한 가지 마법을 그 비급에 걸어놓았다. 천기를 누설할 수 없었기에 비급을 익힌 자가 무림고수들과 연거푸 열 번의 대국을 하여 절반 이상의 승리를 거두어야만 그 비급을 완성할 수 있도록 마법을 걸어놓은 것이다. 절반 이상의 승리를 거두어 마법을 풀어야만 비급을 완성하고 무림바둑계의 지존이 되는 것이다. 내 너에게 경각심을 주어 십번기라는 이 소중한 기회를 통해 마법을 풀고 바둑지존이 되길 바라는 마음에서 숨겨두었던 비밀을 이야기함이니 나머지 8판을 대함에 소홀함이 절대 없어야 한다."

구름은 아버지 이야기가 나오고 또 아버지께서 자신이 익혔던 도룡비급의 저자였다는 것을 알게 되자 가슴속에서 무언가가 크게 감동하며 끓어올랐다. 구름은 잠자코 대답이 없었다. 감동하여 눈물이 나오려 하였고 또 아버지 생각에 다다르자 더욱 눈물이 복받쳐 나오려고 하는 것을 억지로 참고 있었던 것이다. 도룡이 마지막으로 한마디 하였다.

"구름아 돌아가신 아버지의 뜻을 이루어 무림바둑계에 평화를 가져다주는 소중한 존재가 되어다오…"

도룡사부도 말을 끝내 이루지 못하고 있었다. 구름의 아버지 가백의 환히 웃는 모습이 떠올랐기 때문이다. 구름은 그날 밤 잠을 이루지 못했다. 온통 돌아가신 아버지와 어머니 생각에 뜬눈으로 밤을 새워야 했다.

제19화 **십번기 제3국 : 바람과의 대국**

바람은 늘 웃는 얼굴이었다. 긴 생머리에 단정한 용모였다. 얼굴과 몸매가 약간 통통하면서도 섹시함이 느껴지는 아주 미인이었다. 그녀는 프로가 되지 못한 이무기이지만 바둑에 대한 열정만큼은 프로 못지않다고 늘 자부하곤 했다. 그녀는 늘 웃는 얼굴로 바둑을 즐겼다. 바람은 강호의 아주 센 여자기객이었다. 비단이란 사부를 통해 바둑을 배웠는데 비단이란 기객은 기력이 그리 출중하지는 않았지만 인품이 훌륭하여 명망이 높았고 수많은 제자들을 배출하였다. 문파를 이룰 만큼 크게 부흥했으나 문파에 뜻을 두지 않은 비단은 문파를 창건하진 않았다.

강호 바둑계엔 5대문파가 있었다. 비밀스런 조직체였던 도룡문이 있었고 항아리파, 쌍도끼파, 블루파, 그리고 가장 융성하던 기통문이 있었다. 구름은 도룡문의 후계자였다. 비단의 수제자 바람. 청출어람이랄까 바람은 아주 강한 기력을 가지게 되었다.

도룡문의 문주이자 맹주인 도룡은 두 제자를 길렀다. 한 명은 후계자인 구름이었고 다른 한 명은 여제자로서 자신의 외동딸인 설희였다. 구름과 설희는 바둑을 둘라치면 서로 즐거워 마냥 기쁘기만 했다. 구름이 후계자 훈련의 하나로 도룡비기를 연마하던 중 주화입마에 빠지자 설희는 지극정성으로 구름을 돌봤다. 어쩌면 그래서 구름이 나았는지도 모른다. 설희는 늘 구름 곁에 있었다. 구름도 설희를 너무나 좋아했다.

바람은 비단문하에 8살의 어린나이에 입회하게 된다. 비단은 여제자를 가르칠 요량으로 각 문파를 방문하며 바람에게 대국을 하게한다. 어느 날 우연히 도룡문에 가게 된 바람은 15세의 같은 나이또래의 구름을 보게 된다. 구름은 웃는 모습이 참 예뻤다. 덧니가 있는 해맑은 웃음은 바람의 마음을 설레게 했다. 구름은 바람에게 한편으론 우수에 찬 듯한 묘한 인상을 풍겼다. 구름과 대국을 하게 된 바람은 묘한 사랑의 감정이 일었지만 구름과 동문수학하는 설희와 구름의 친한 모습을 보고 마음을 감추게 된다. 복이 많은 구름… 바람은 구름을 짝사랑하고 있었다.

구름의 흑번이다. 초반에 바둑은 잔잔히 흐르고 있었다. 바람은 내심 걱정하고 있었다. 승부는 승부이니만큼 져줄 수는 없는 것이었다. 근데 바람은 백번 바둑이었다. 흑을 잡았을 때보다 백을 잡았을 때 승률이 훨씬 좋았다. 바람은 백을 쥐면 늘상 마음이 편했다. 덤이 있기에 편한 마음으로 둘 수 있었다.

'구름이 지지는 않을까.'

바람은 내심 약간 걱정이 들었지만 반상을 바라보며 마음을 추스르고는 승부에 처연히 몰입하였다.

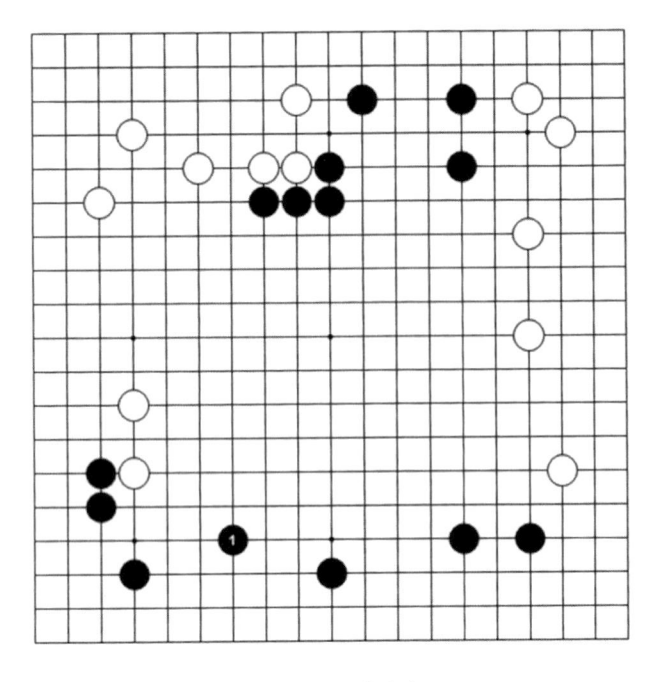

[장면도1] 자작가

구름에게 완착이 나왔다. 흑❶로 집을 지킨 수가 그것인데 자작가의 냄새가 풍기는 고수답지 못한 행마였다. 자작가는 고수들이 늘 경계해야 하는 절대로 금물인 바둑수법이다. 집을 지으려 해도 이리저리 깎이면 집도 적을 뿐만 아니라 대세를 잃기 십상이다.

바둑의 승패는 집의 많고 적음에 따라 갈린다. 돌을 놓는 많은 착점들은 집을 짓기 위한 일련의 과정들이다. 그러나 스스로 만드는 집, 이른바 '자작가(自作家)'는 효율성이 떨어진다. 상대방의 약점을 추궁하며 두다보면 자연스레 자신의 집이 부풀어 오르는데 이런 집이 효율성이 크고 좋다. 하지만 집을 짓는 것을 또 등한히만 할 수는 없는 것이어서 '집'과 '공격' 사이에서 갈 곳을 놓고 방황하는 것은 대국자들의 영원한 숙명인 것이다.

지금은 좀 더 능동적인 구상을 할 필요가 있었던 것이다.

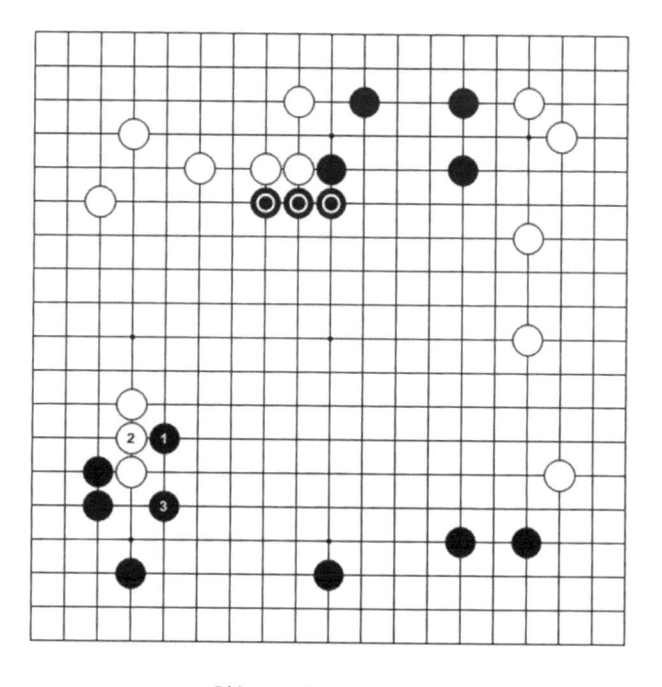

[참고도 1] 능동적 구상

　지금은 동그라미 흑돌의 두터움을 살리는 길로서 흑❶로 들여다본 뒤에 흑❸으로 집을 확장하면서 백 세 점을 압박하는 것이 좋은 착상이었다. 구름은 일단 집을 지킨 후에 백 두 점을 나중에 심하게 공격하려 했는데, 백 두 점은 가벼워서 공격을 심하게 당할 말이 아니었던 것이다. 이 판단미스가 바둑 내내 구름을 괴롭힌다. 구름은 개구리가 미지근한 물이 서서히 데워질 때 뜨거워지는 것을 모른 채 익혀져 죽는 것처럼 바둑이 점점 미궁으로 빠져들게 된다.

　구름은 애초 계획대로 백 두 점을 윽박지르기 시작했다. 그러나 백이 중앙으로 한 칸씩 뛰어 달아나자 흑은 더이상 해볼 데가 없는 국면으로 바뀌게 된다. 해볼 데라곤 눈 씻고 찾아봐도 좌상귀 침입밖에 없어보인다. 하지만 좌상귀를 도려낸다 해도 바둑이 조금 불리하다. 큰 차이는 아니지만 서서히 익혀져 죽어가는 개구리가 된 신세인 것이었다. 구름의 전략에 큰 착오가 있었음이 분명하다.

그러거나 말거나 오늘따라 바람의 행마는 시원시원하니 일품이었다. 바람은 컨디션이 말할 나위 없이 좋았고 바둑도 잘 풀리자 약간 미안한 마음이 들었다. 잠시 힐끗 구름을 쳐다본다. 구름이 다음 착점을 구상하며 심각한 표정을 짓고 있는 걸 본 바람은 조금 안쓰러운 마음이 들었다. 하지만 승부는 승부! 물 한잔을 다 비우며 바람은 다시 고요한 반상의 세계로 들어간다.

[장면도 2] 백의 마무리솜씨

구름이 좌상귀를 도려내고 패를 각오할 즈음 (동그라미 흑돌) 백은 패를 할 맘이 없는 듯, 이미 바둑은 내가 이겼다는 듯이 백①로 맥을 짚어온다.

이곳만 자연스럽게 삭감하면 유리하다고 판단한 바람은 백①의 맥점을 둔후 잠시 자리를 비웠다.

맑은 하늘은 푸르디푸르렀다. 잠시 심호흡을 한 후

'이 바둑은 내가 가져가겠는걸.'

하고는 약간 쓴웃음을 짓는다. 사모하는 남자와의 대결. 가문의 명예를 건 일전. 구름의 미래를 위해 도와주어야 하는 입장에선 바람. 최선을 다해 구름을 이기는 게 구름을 위한 길임을 잘 알고 있는 바람은 알 듯 모를 듯한 쓴웃음을 짓고는 다시 대국실로 향한다.

해룡과 우담은 좌불안석이었다. 당연히 구름이 이길 것이라 생각하고 내기를 걸었던 것이다.

그것도 적지 않게 큰돈이 걸려있었던 것이다.

"이거 구름이 너무 불리한데. 백①은 천하의 맥점이야. 저기가 깨지면 집으로 해볼 데가 없는걸."

해룡이 뇌까렸다.

"구름이 오늘따라 둥실둥실 떠가는 뜬구름인가 봐. 천둥과 벼락을 동반한 소나기 구름이어야 했는데…"

우담도 걱정하며 한마디 덧붙였다.

잠시 후 바둑은 끝이 났다. 백이 큰 차이로 집으로 리드하게 되어 흑은 더 이상 두기가 어려웠다.

구름의 패배. 국후 검토가 이루어졌다. 많은 무림의 강자들이 하나같이 지적한 수가 있었다. A의 날일자보다는 흑❶로 발 빠르게 걸쳐야 했다는 것이었다. 비단 사부도 그 점을 지적했다.

많은 이들이 이구동성으로 A를 질타했다. 구름은 수긍하지 못했지만 그냥 잠자코 듣기만 했다. 바람은 구름이 잠자코 있는 것이 이상했다. 밝고 쾌활한 성격의 구름에게서는 볼 수 없는 모습이었던 것이다. 예쁘디예쁜

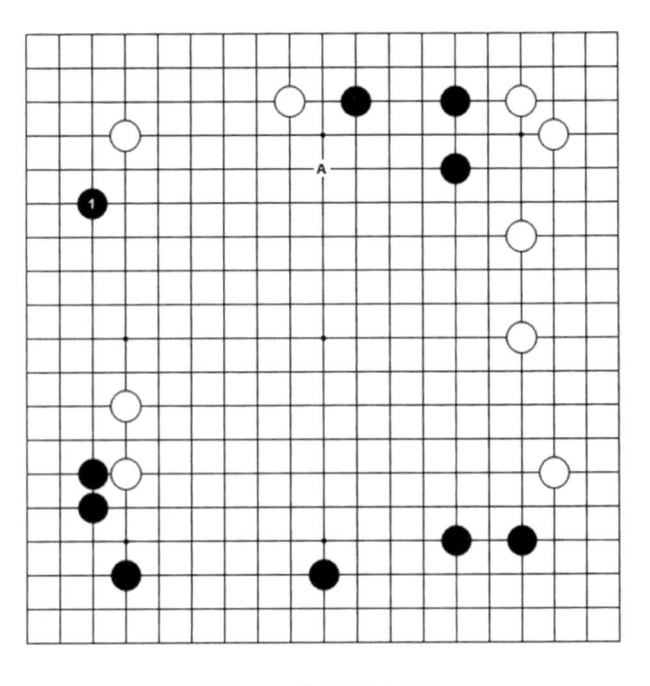

[참고도 2] 걸침이 우선

바람을 좋아했지만 바둑만큼은 질 수 없다는 비장한 각오로 대국에 임했던 구름으로서는 적잖은 충격이었다. 구름은 대국실을 떠나며 혼잣말을 뇌까렸다.

'난 구름이라구. 난 나야. A로 날일자한 건 악수가 아니었어. 나는 그렇게 둘 수도 있다고 보는걸. 다들 하수 같아. 판에 박힌 틀만 고집하거든.'

하지만 구름은 대국에 패해 적잖은 데미지를 도룡문에 입히게 되었고 해룡과 우담은 빈털터리가 되어버렸다.

제20화 4천왕 이야기

미는 젊은 나이에 크게 깨달음을 얻고 바둑의 도를 터득하기에 이른다. 그에게 바둑은 이미 승부가 아니었고 즐거움 그 자체였다. 그는 승부를 초월해 있었고 그를 당해낼 자는 아무도 없었다. 그는 언제든 프로가 될 기회가 있었음에도 명예와 재물을 하찮게 여겼다.

그는 전라북도 정읍에 있는 내장산 산속 깊은 곳에 도장을 세웠다. 그리고 네 명의 제자를 길러냈으니 수제자 도룡, 허무, 미국에서 귀화한 젊은 기객 좀비, 그리고 아름답기 그지없었던 여제자 비연이었다. 세인들은 그들의 강한 바둑의 위맹을 칭송하여 '4천왕'이라 불렀다. 4천왕은 미의 휘하에서 강호에 이름을 높이 드날리고 있었다. 천사파가 만들어진 것이었다.

아주 미남인데다가 키도 훤칠하니 컸던 허무는 동문수학하는 비연을 너무나 흠모하였다. 비연도 허무를 좋아했다. 그 두 사람은 틈이 나면 함께 산속에 들어가 이름 모를 아름다운 들꽃을 함께 따고는 가져와서 도장을 그 꽃으로 장식하곤 했다. 그들은 서로 사랑했고 미래를 약속한 사이였다. 도룡과 좀비도 그들을 축복해주었다. 사부인 미도 너무나 그들을 아꼈고 미래를 축복해주었다. 그는 제자들을 마치 오랜 벗을 만난 양 친구처럼 늘 정겹게 대했다. 제자들도 사부를 너무나 존경하고 있었다.

평화롭고 기쁜 나날들이 그렇게 영원히 이어질 것 같던 어느 날, 미는 바둑을 연마하다 마귀의 꼬임에 빠져 주화입마하게 된다. 그는 산속에서 홀로 수련 중이었는데 아무도 그를 도와줄 사람이 없었다. 그는 점점 마음과 정신이 미궁에 빠져들었다. 산의 정령들의 극진한 보살핌이 있어 그는 죽음을 모면하게 된다. 하지만 상처를 치유하는 동안 정신이 돌아버려 스스로 광인이 되어버린다.

경과는 이러하다. 어느 날 미는 40일간 수련을 하려 도량을 떠나 산속 깊은 곳으로 들어갔다. 깊은 계곡너머의 외딴 동굴 속으로 들어간 것이었다. 동굴 속에서 수련을 시작한지 10여일 쯤 지났을 무렵, 깊은 정신적 고뇌에 휩싸인다. 거기서 정신이 이탈되는 탈혼 상태에 이른다. 그가 탈혼 상태에서 자신이 아끼고 사랑하는 제자들과 바둑을 논하며 즐거워하는 아름다운 정경 속에 있을 때 마귀가 속삭였다.

'너는 제자들을 믿느냐? 그들은 널 이용하고 있을 뿐이야. 너를 꺾고 자신들이 무림바둑을 지배하고 싶어 하지.'

그러자 미는 그렇게 믿고 사랑하던 제자들에게 살짝 의혹과 의심이 들기 시작했다.

'아니야 그들은 날 사랑해. 내가 아내를 잃고 홀로 방황할 때 친구가 되어 주었던 유일한 사람들이야.'

미는 거부했다.

'그렇지 않을걸. 그들은 너를 결코 사랑하지 않아. 네 아내를 죽인 건 바로 그들이야.'

마귀는 아내를 죽이는 도롱의 모습을 보여주며 어둡고 음습한 환상 속으로 미를 끌어들였다.

동굴 속 차디찬 바닥에 가부좌를 하고 있던 미에게 천장에서 물방울이 두세 개 떨어져 그의 정수리에 떨어졌다. 이름 모를 징그러운 벌레들이 다리 위로 올라오고 있었다. 자신이 가장 아끼는 제자가 아내를 죽이는 모습을 환상 속에서 보게 되자 미는 급격히 정신이 혼란스럽고 고통스러웠다. 미는 아내를 끔찍이 사랑했었던 만큼 도롱을 아끼고 있었던 것이다.

마귀는 그날 밤 미를 끊임없이 속삭임과 환상 속에서 유혹해대었다. 무림지존이 될 가장 중요한 무아지경 속에서 마귀는 결사적으로 미가 깨달음을 얻지 못하도록 방해해댄 것이다. 아내의 죽음. 제자들에 대한 의심. 도저히 피할 수 없는 마지막 관문. 끊임없이 이간질을 해대는 악령의 방해 때문에 미는 정신이 점점 피폐해져갔다.

드디어 미는 새벽녘에 이르러 마귀의 꼬임에 빠져 주화입마를 하게 된다. 머릿속이 무아지경의 상태에서 근 20여일을 엄청난 정신적 고통을 경험하게 된 미는 환청과 환상, 불면의 나날을 지속적으로 지내게 된다. 천사파 문주 미는 마치 천벌을 받은 양 아무도 없는 동굴 속에서 수십 일을 홀로 고통당해야 했다. 문주가 이런 엄청난 위기의 상황에 직면하여 있는데도 천사파의 제자들인 4천왕은 문주가 깊은 깨달음을 얻고 돌아오길 바라며 한가로이 지내고 있었다.

미는 수행에 들어간 지 40일경엔 결국엔 정신이 이탈되어 미쳐버린다. 다행히 산의 정령들의 도움으로 간신히 죽음은 모면한 미. 그는 인간을 혐오하게 되고 세상만사가 다 그릇돼 보였다. 비뚤어진 것이다. 세상을 무너뜨리고 싶은 강한 충동이 일었다. 사이코패스 같은 극단적인 악인이 되어버린 것이었다.

"으하하하하 나는 천하제일 미이다. 나는 이제부터 모든 것을 파계할 것이다!"

그는 미쳐버린 것이었다. 그는 한걸음으로 달려 도장에 돌아왔다. 마침 그때 도장엔 여제자 비연뿐이었다. 세 명의 사형들은 시내로 먹을 것과 기타 필요한 것을 구입하러 내려가 있던 중이었다. 광인은 악을 행하고 싶은 강한 충동을 느꼈다.

그는 비연을 겁탈하였다. 비연은 필사적으로 저항하였지만 강한 사내의 힘에 굴복하고 만다. 광인은 비연을 겁탈하고는 남쪽으로 멀리 떠나갔다. 비연은 너무나 당혹스럽고 자신의 처지가 비참했다. 비연은 광인을 피하고자 하는 생각뿐이었다. 허무를 볼 용기도 나지 않았다. 그녀는 사부를 피해 멀리 북쪽으로 달아나기 시작했다.

세 명의 제자들이 와서 보니 사부와 막내가 보이질 않았다. 그들은 무슨 일인가 궁금해하며 몇날며칠을 기다렸지만 아무도 다시 도장에 돌아오지 않았다. 허무는 초조해졌다. 사부도 사부지만 비연이 사라진 것이 마음에 크게 걸리는 바가 있었다. 허무는 비연을 찾아 나서기로 하고 길을 떠났다. 도룡과 좀비도 문주와 비연을 찾아 길을 나섰다.

임신한 비연은 괴로워했다. 그녀는 생각했다.

'아기를 가졌으니 어머니로서 안 낳을 수도 없구나. 아 내 인생이 끝장이 났구나.'

비연은 절망했고 몹시도 괴로웠다. 믿었던 스승에게 강제로 능욕을 당한 비연은 더군다나 미래를 약속한 애인이 있었기에 크게 당혹스러웠다. 정신을 차릴 수 없을 만큼 좌절했고 절망했다, 사부에 대한 분노의 감정이 크게 치솟아 올랐다. 몇 달 후 아기를 낳았다. 일단 살아야 했다. 그녀는 산에서 내려와 시내로 나갔다. 아기를 기르기 좋은 장소를 택한 것이다.

그렇게 아기가 자라던 어느 날, 비연이 잠시 외출한 사이 3살 된 아기가 홀로 밖에 나갔다가 길을 잃어버린다. 비연은 집에 돌아와 보니 아기가 없자 정신이 아득했다. 백방으로 찾아보았지만 찾을 수 없었다. 여행길에 그 근방을 지나던 한 사내가 길 잃은 아기를 보고는 부모를 찾아보아도 없자 부모가 아이를 버렸나 싶어 자신이 아기를 거둔 것이었다. 그 사내의 이름은 비단이었다.

'아 몸부림치며 이 절망의 구렁에서 벗어나고자 했지만 더 깊은 수렁으로 빠져드는구나. 운명의 여신이 참으로 야속하구나.'

비연은 건물 옥상으로 올라갔다. 자살할 생각을 한 것이다. 옥상난간에서 바람에 몸이 흔들렸다. 비연은 노래했다.

"악마가 벌거벗은 나를 쇠사슬로 칭칭 묶고는 끌고 가네.

벗어나고 싶은 이 암흑의 어두운 삶을 함께할 이가 없네.

그대를 떠나 이별의 아픔을 겪는 이 가혹한 운명이 야속하네.

그대와의 사랑은 하늘로 올라 별이 될 줄 알았지.

하지만 이별의 아픔은 땅에 떨어져 슬픈 운명의 싹을 틔우네.

내 아기. 사랑스러운 내 딸. 커서 잘 살아갈까?

분노가 쌓여 증오가 되고 쥐어짜듯 떨어지는 한 방울의 눈물이 되어
땅을 적시네.

레테의 강을 건너 이승의 삶을 잊게 될 때 저승은 날 반겨줄까?

거기에서도 자유로울 수 없다면 난 어디로 가야 할까?

아 가혹한 내 운명!"

늦가을의 나뭇잎이 힘없이 처량하게 떨어지고 있었다. 비연의 몸이 순간 멈칫하더니 난간에서 이내 사라졌다.

그러나 하늘의 보살핌인가? 비연은 죽지 않았다. 머리에 피가 나고 온몸이 부서질 듯 아파왔다.

비연은 어떻게 살아야 할까? 를 생각했다. 그녀는 예전 천사파의 도장으로 돌아가기로 결심했다. 어디서 그런 강한 의지가 샘솟는지 알 수 없었다. 자신의 정신적 고향이자 자신을 비탄에 빠지게 한 그곳으로 돌아가기로 결심한 것이다. 아기를 잃고 나자 정신이 번쩍 든 비연은 잃어버린 아이를 찾고 문주였던 광인에게 복수를 꿈꾸며 예전 천사파의 도량으로 돌아가 사형들과 허무를 만날 결심을 하게 된 것이다.

비연이 사라진 지 4년이 지나서야 천사파의 도장으로 돌아오자 도룡과 허무, 좀비는 깜짝 놀랐다. 백방으로 비연과 문주의 소식을 찾아 헤매다 포기 지경에 다다른 어느 날 비연이 돌아온 것이었다. 비연은 사형들과 허무에게 그간의 일을 들려준다. 다들 너무나 비참했고 비통했고 소스라치게 놀랐다. 비연은 허무를 남겨둔 채 길을 나선다. 아기를 찾아 떠날 요량이었던 것이다. 또한 광인에게 복수를 할 결심을 했다.

비연에게 자초지종을 다 들은 허무는 문주를 원망하며 길을 떠나 산속에 들어가 중이 되기로 결심한다. 인생무상을 느낀 것이다. 천사파는 와해되고 4천왕의 한명이었던 허무는 스님이 되어 바둑불사를 창건하게 된다. 수제자 도룡은 방랑생활을 하다가 도룡문을 만든다. 좀비는 쌍도끼파의 적극적인 구애로 도끼파와 연을 맺게 된다. 비연은 아기를 찾아 온 세상을 떠돌게 된다. 그 아기는 광인의 아기였고 길을 가다 우연히 길 잃은 아기를 발견했던 비단이 기른 여자아이였다.

제21화 **십번기 제4국 : 블루와의 대국**

충청남도 계룡산 자락에 위치한 블루문. 신비롭고 웅장한 계룡산에 위치한 블루문은 기괴하기 이를 데 없는 문파였다. 블루문의 문주 블루는 '풍차돌리기' 라는 극단적인 사파의 포석을 즐겼다. 그 후계자 후절수는 문주보다 더욱 극악한 사파의 진법을 고수했다. 하지만 블루문은 사파는 아니었다. 정도를 걷는 문파로서 실험정신이 극단적으로 강했던 것이다.

장면도는 후절수의 포석이다. 자유분방하고 기존의 틀에 얽매이지 않는 블루파만의 독특한 초식을 구사하는 것을 알 수 있다. 일명 '풍차돌리기' 라고 하는 블루의 십팔번 전술은 그 위맹이 쟁쟁하였다. 너무도 자유롭게 비상하는 한 마리 학을 연상시키는 그만의 독특한 포석전법이었다. 구름과 블루는 블루문의 본산 특별 대국실에서 대국을 벌이게 되었다.

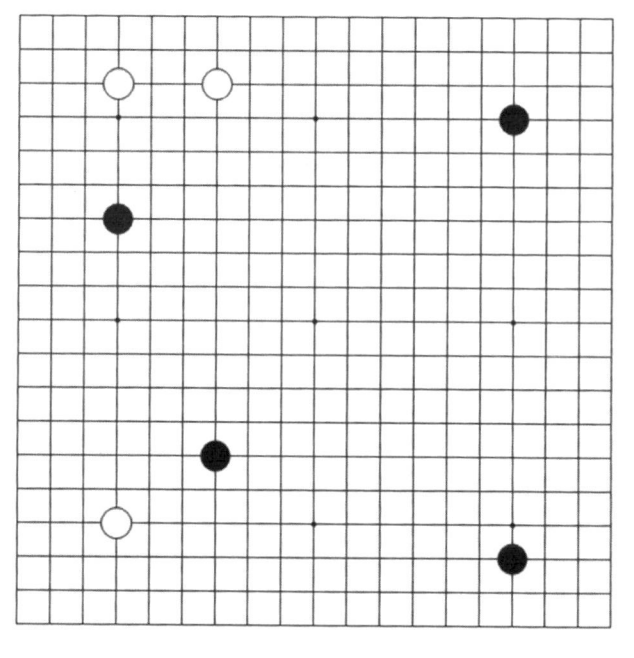

[장면도 1] 후절수의 실험정신

오늘따라 많은 재야의 고수들이 대국을 구경하러 발품을 팔았다. 그중에는 기통문의 문주 청산걸인이 앵두를 데리고 왔다. 청산걸인은 가장 융성한 문파인 기통파의 수장으로서 바둑이 그다지 강하진 않았지만 많은 인재들을 배출했고 그 중엔 구름의 꿈이기도 한 아마의 벽을 넘어서 프로가 된 이들도 있었다.

프로바둑기사. 아! 얼마나 많은 당대의 내로라하는 고수들이 이 문턱에서 좌절하였던가? 그들의 땀과 눈물의 쓴잔은 아마바둑의 산 토양이요 밑거름이다. 구름은 과연 프로가 될 수 있을까? 나는 알 수 없다. 다만 구름의 십번기를 통해 구름의 실력을 대충 가늠해 볼 수 있을 것이다.

젊디젊은 구름. 백발이 헝클어지고 흰 수염이 권위를 느끼게 하는 블루. 두 사람의 불꽃 튀는 반상의 파노라마가 이제 막 시작되었다.

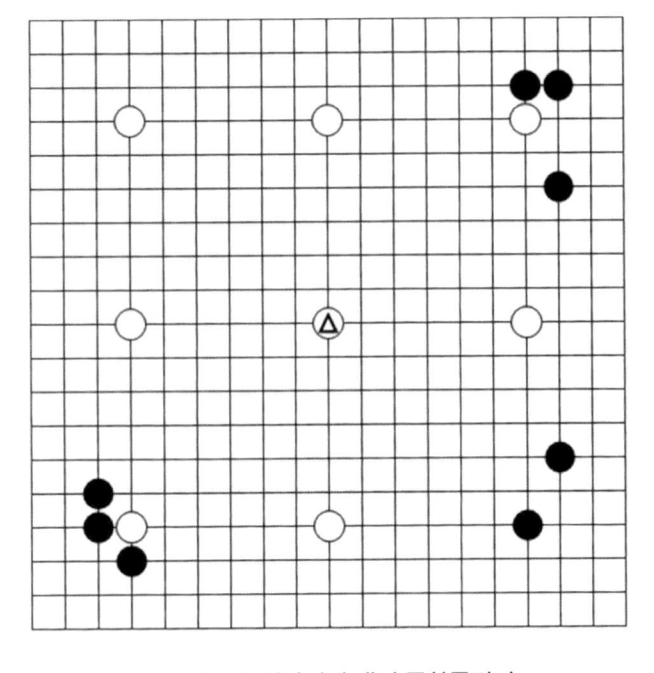

[장면도 2] 위압적인 백의 풍차돌리기

초반 포석이다. 백을 쥔 블루는 예의 그 유명한 풍차돌리기 전법을 들고 나왔다. 천원과 변의 화점에 주르륵 백돌들이 놓이자 구름은 짐짓 당황했다.

'이런, 둘 데가 없는걸…'

한참을 고민하던 구름은 둘 데는 이곳밖에 없다는 듯 힘차게 우변쪽 백돌들에 갈라치기를 했다.

이 갈라치기는 백 한 점을 공격하며 전단을 구하자는 의미이며, 전투가 발발했을 경우 유리한 고지를 점령하기 위한 것으로 강맹한 풍차돌리기 전법을 와해시키기 위한 불가피한 한수였던 셈이었다. 그러나 이 판단은 매우 좋았지만 블루의 이상하고 괴이한 초식에 정신이 산란해진 것일까? 구름은 이내 패착성 수를 두어 줄곧 판을 질질 끌려 다니게 되는데…

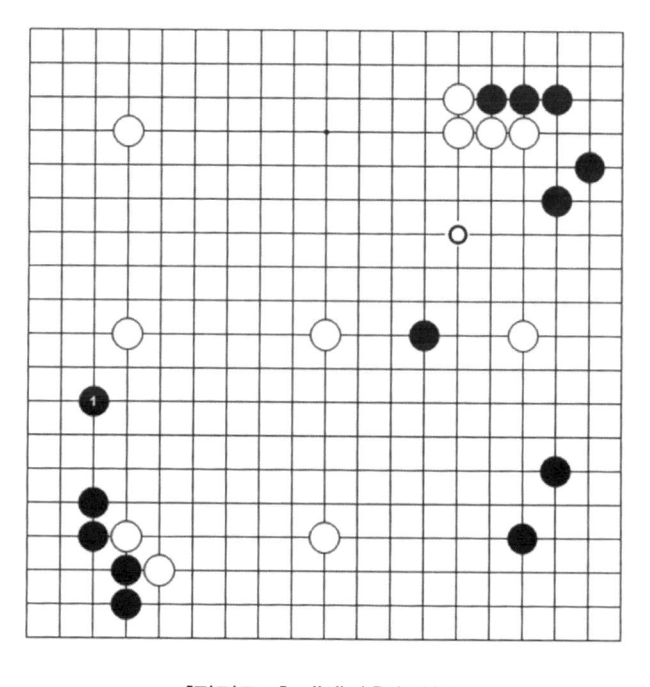

[장면도 3] 대세점을 놓치다

  구름은 흑❶에 두어 실리를 취했는데 여긴 그렇게 둘 자리가 아니었다. 동그라미 자리에 두어 오른쪽 변에 있는 백 한 점을 외롭게 만들 때였던 것이다. 초반의 난해한 포석모양 때문이었는지 구름은 초반에 결정적인 판단미스를 하고 만다. 흑❶에 둔 이후로 대세점을 놓친 구름은 반상을 질질 끌려 다니게 된다.

  대세점이란 한판의 바둑에서 승부를 좌우할 만큼 중요한 터닝포인트를 말한다. 대세점을 놓치면 상대에게 그 바둑을 질질 끌려 다니다가 지기 십상이다. 동그라미 흑돌 자리는 대세점에 해당하는 중요한 자리였다. 하지만 대세점을 찾기란 여간 힘든 게 아니다. 오랜 공부와 실전경험을 통해 점점 대세점을 찾는 눈이 길러지는 것이다. 마치 인생의 중요한 길목에서 올바른 길로 나아가는 것과 같다고 하겠다.

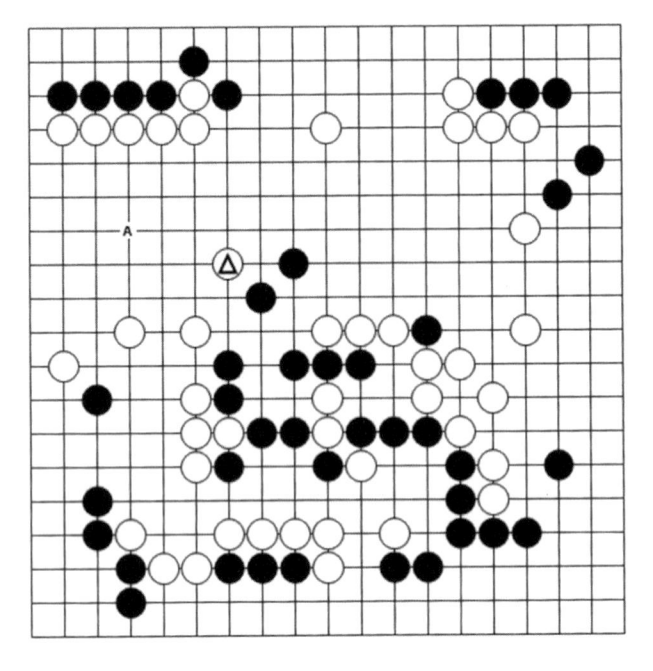

[장면도 4] 패색이 짙은 흑

　흑이 중앙을 잠식해 들어가지만 A 방면에 백집이 크게 났다. 구름은 자신이 이기기 힘들다는 것을 알았다. 하지만 던지기에는 반상이 너무나 넓었다. 검토실의 블루문의 고수들, 후계자 후절수를 비롯한 블루문의 고수들은 흑이 패색이 짙다고 판단하고 있었다. 도룡문의 도룡사부도 같은 의견이었다. 해룡과 우담은 필사적으로 흑이 좋아지는 참고도를 생각하며 검토에 혈안이 되어있었지만 얼굴빛은 창백했다. 아무리 해도 흑이 좋아지는 그림이 나오질 않았던 것이다.

　구름은 결단을 내려야 했다. 계속 끝까지 두어나갈 것인지, 패배를 인정하고 돌을 던질 것인지.

　두고두고 아쉬웠다. 초반의 판단미스가 이렇게 엄청난 비극을 잉태하게 되었다는 사실이 괴로웠다. 구름은 조용히 돌을 거두었다.

4부

러닝포인트

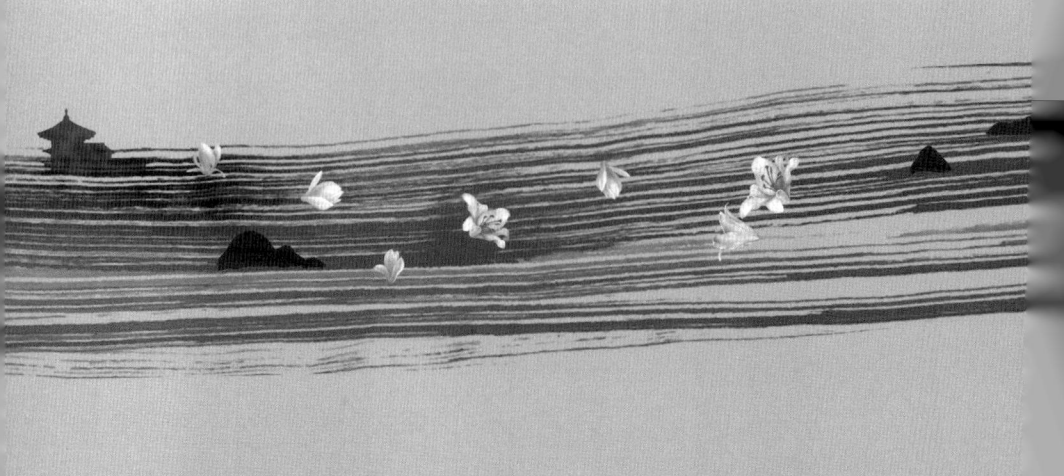

제22화 신선들의 바둑수담

구름은 대국을 하러 또다시 길을 떠났다. 월악산 자락의 어느 한 객사. 구름은 해룡과 책사 우담과 함께 오늘밤 거기에 묵을 요량이었다. 근데 초저녁 노을이 붉게 드리워진 그곳에 정자에서 백발이 성성한 두 노인이 바둑을 두고 있는 것이었다. 그들은 짐짓 즐거워하며 구경하러 몰려갔다.

한 백발노인의 수염은 푸르디푸르러 실로 기괴하기 이를 데 없었다. 그 노인은 흑을 쥐고 있었다. 또 다른 한쪽의 백발노인은 수염이 붉디붉은 색이어서 더욱 음산한 기운을 내뿜고 있었는데 백을 쥐고 두고 있었다.

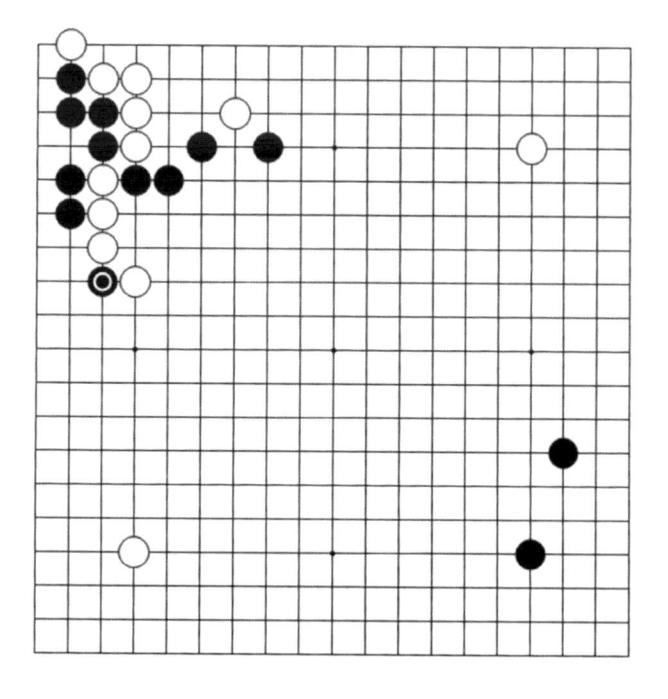

[장면도 1] 푸른 수염의 헤딩

문제의 장면, 흑이 평범을 거부하고 백에게 헤딩한 장면, 바둑정석사전에도 나오지 않는 무림의 해괴망측하고 기괴한 이 초식은 구름도 처음 보는 진귀한 모양이었다. 흑이 단단한 백의 바윗돌에 계란으로 헤딩하는 듯한 이 수법은 그 변화가 난해하기에 앞서 상대방의 흥분을 불러일으키고 침착하고 담대해야 할 상대의 승부자세를 한없이 흐트러뜨리기에 충분한 것이었다.

"호~! 이런 수도 있나…"

푸른 수염의 기괴한 초식에 붉은 수염도 짐짓 당황한 기색이 엿보였다. 붉은 수염의 장고는 깊어만 가는데…

"바둑 두는 사람 어디 갔나? 하하."

푸른 수염이 앞에서 약을 올린다.

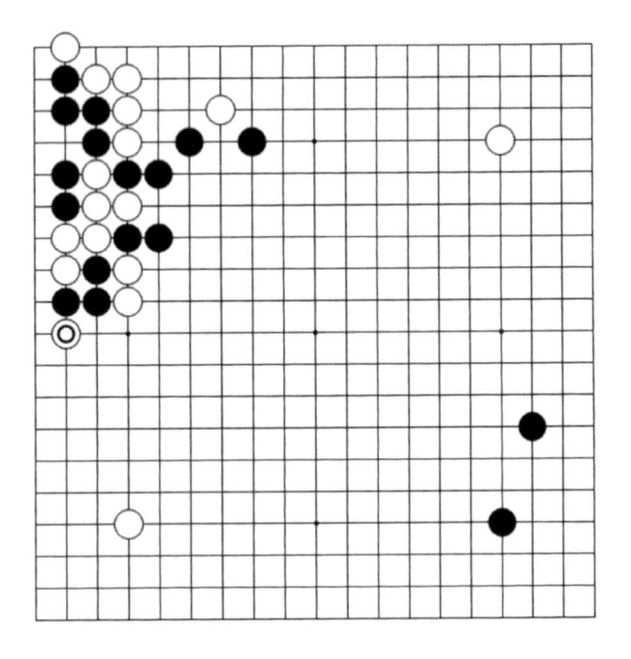

[장면도2] 붉은 수염의 결정타

이번에는 백이 유명한 맥점을 구사한다. 동그라미 백돌이 그것이다. 흑 세

점을 잡는 수와 중앙 쪽에서 축으로 몰아가는 수를 맞보는 양수겸장의 필살의 맥점이었던 것이다.

이제 수세에 몰린 것은 푸른 수염. 끙끙 앓는 소리가 월악산 자락에 가득 울려 퍼졌다. 구름은 이들의 기이하기 이를 데 없는 수를 보고는 내심 '바둑계에 이런 초식이 있다는 것은 듣도 보도 못하였구나. 이런 강맹한 수법은 천상의 신선들만이 둘 수 있으리라.'

하고 생각하며 두 노인에게 몇 가지 말을 여쭤보려고 하였다. 그 때 깊은 운무가 그 객사를 휘감았다. 정자는 한치 앞을 볼 수조차 없는 운무에 구름은 해룡과 우담의 얼굴도 식별할 수 없었다. 운무가 조금씩 걷히자 두 노인은 온데간데없고 두 노인이 두던 바둑판만이 적막을 알리고 있었다.

제23화 십번기 제5국 : 허무와의 대국

'세 떨기 봉우리가 하늘에 닿았으니 허무의 그림자가 구름에 가리운다'

'허무'. 그는 사랑하던 여인과의 헤어짐 이후로 모든 것이 허무하고 공(空)과 같이 생각되어 홀연히 인생의 깨달음을 얻은 뒤에 불교에 귀의, 법명을 무생법인(세상만사 불생불멸)이라 하고 바둑불사를 크게 창건하기에 이른다.

허무는 바둑에 있어서는 사형들보다 뛰어난 기재를 가지고 있었다. 4천왕 중에 허무의 바둑이 제일 강하였다. 바둑불사를 창건, 도량에서 수행을 거듭하는 중에 틈틈이 바둑에도 공부를 게을리하지 않아 그는 당대 최고수로서도 손꼽힐 만큼 뛰어난 기재를 가지고 있었다.

아직 종교에 대해 몰랐던 구름은 도룡사부의 사제였던 하무를 존경하고 있었다. 구름은 첩첩산중 산길을 돌계단을 올라 허무가 묵고 있는 바둑사에 다다랐다. 하늘은 높고 맑았으며 산의 정기가 나무들이 뿜어내는 신비스런 적막감이 맑디맑은 공기와 함께 바둑사를 휘감고 있었다.

"스님, 구름 보살님이 왔습니다."

동자승이 문밖에서 스님을 부르고 있었다.

"허허, 허무뿐인 소생에게 구름이 오니 허무가 허무가 아닌 것입니다. 허허."

무생법인은 알 듯 모를 듯한 말을 하고는 문밖으로 나왔다.

"스님, 제게 가르침을 주십시오. 광인을 이겨 무림바둑계에 평화를 이루고 싶습니다. 제 꿈은 프로가 되는 것입니다. 프로가 되어 세계 일류 고수들과 진정한 승부를 해보고 싶습니다. 스님, 어찌하면 제가 그러한 경지에 오를 수 있겠습니까? 저는 아직 미약하고 두렵기만 합니다. 십번기라는 큰 은혜를 바둑계가 소인에게 주었습니다. 하지만 4번 연속 패하고 나니 바둑이 진보하기는커녕 걱정과 두려움만이 밀려들고 소심해진 저 자신을 바라보게 되었습니다. 스님, 제가 이 곤경에서 벗어날 수 있게 마음의 평화를 주시고 깨달음을 주십시오."

구름은 허심탄회하게 속엣말을 스님에게 말했다. 허무스님을 그만큼 믿었던 것이다.

"허허. 신구미월령이라… 어린 비둘기가 험한 준령을 어찌 넘으려하오? 장강의 노호 같은 물줄기가 뒷물이 앞물을 밀어내며 흐르듯이 시간을 가지고 착실히 바둑수업을 게을리하지 않는다면 광인을 이길 수 있을 것입니다."

"스님. 뜬구름 같은 말만 하시는군요. 저는 시간도 부족하고 실력도 부족합니다. 제게 한 말씀 해주소서."

"기객은 말로 하는 것이 아니지 않소? 바둑판으로 말을 할 수 있어야 진정한 기객인 것이오. 듣자하니 블루고수의 일검에 판을 제대로 짜보지도 못한 채 일찍 돌을 거두었더군요. 3판을 내리 진 채 의기소침해져 있을 때 또다시 강맹한 고수와의 일합을 겨루자니 심신이 많이 흐트러진 듯하오. 오늘은 누추한 이곳에 묵으며 마음의 평정을 찾는 게 어떠하시겠소?"

바둑을 두러 온 구름과 일행은 바둑을 두자는 것인지 말자는 것인지 속내를 알 수 없는 무생법인의 제안에 어리둥절해하며 일단 자리를 잡고 하루를 쉬기로 했다.

"허무스님이 바둑을 두어 주실까?"

우담이 구름에게 넌지시 물어보았다.

"글쎄 무림바둑계에서 허무스님을 나의 다섯 번째 상대로 정하신 만큼 허무스님도 소명을 다 하시질 않을까?"

구름은 산세가 맑고 청아한 분위기의 객사에 앉아 쉬며 참 좋은 곳이라는 생각을 하며 이렇게 대꾸했다.

다음날 아침.

간단히 아침 공양을 하고 허무스님은 구름만을 데리고 월악산 중턱에 자리 잡은 불사를 떠나 산꼭대기로 산행을 하기 시작했다. 산과 계곡은 실로 무릉도원처럼 아름답고 신비스런 기운으로 충만했다. 둘은 산꼭대기에 다다랐다. 산 정상에서 수없이 펼쳐진 능선들을 바라보니 발밑에는 구름이요 하늘은 청명했다. 실로 호연지기를 느끼기에 하나 부족함이 없는 자연의 장관에 절로 탄성이 일었다.

"구름. 바둑을 뭐라 생각하시오?"

이 질문은 구름이 사부이신 도룡문주에게도 받아본 질문이었다.

"글쎄요. 바둑판에 돌을 놓다보면 수읽기를 하게 되고 전단이 벌어져 싸움을 벌이는 경우가 많은 것 같습니다. 제 마음속 심령이 싸우라고 외쳐댈 때가 많은 것 같습니다."

"허허. 그래요?"

무생법인은 듣기만 할뿐 딱히 가르침을 주진 않고 있었다. 새들이 날고 있었다. 산 정상을 이리저리 유영하는 새들과 장관을 바라보는 구름에게 문득 스쳐지나가는 생각이 있었다.

"허무스님, 제겐 설희가 있고 또 앵두라는 여자를 만났습니다. 바람이라는 제가 좋아하는 젊은 여기객도 있습니다. 사랑이 뭔진 모르지만 가르침을 받고 싶습니다."

"허허. 내가 바둑불사를 일으킨 이유가 사랑 때문이 아니겠소?"

스님은 속옛말을 하기 시작했다.

"마음이 향하는 곳이 사랑이 있고

마음이 떠난 곳에 축복을 기원하면 좋으련만

우리네 삶이란 게

마음이 향하는 곳에 속된 사기침, 이용해먹으려는 심산이 많고

마음이 떠난 곳에 저주와 증오가 가득하니

아! 언제 사랑을 믿고 따르며 정의를 향해 싸워 나갈 수 있겠소?

마음이 악하고 돈과 세상사에 얽매인 우리네 범인들에게

그런 의미에서 바둑이란 취미 하나 있는 것은 불행 중 다행이라.

바둑의 대고수가 되어 도락 이상의 그 어떤 깨달음을 얻는데

이르는 것은 바라지도 않거니와, 마주앉아 수담을 나누거나

혹은 인터넷 바둑을 두며 삶의 묵은 때가 씻겨 나가는 체험을 할 양이면

바둑이란 것이 문화의 소산물로서 수천 년을 걸쳐 내려오며

그 명맥이 끊어지지 않는 이유인 듯도 싶습니다.

하늘을 유영하며 훨훨 나는 새들처럼

반상을 이리저리 넘나드는 자유로운 영혼이 되어

모든 시름을 잊고 즐기는 수담의 순간은 실로

이 험난한 세상에서 하늘이 내린 선물이자 큰 축복이라 아니할 수

없지요."

그리고는 바둑계에 미스터리로 알려진 천사파가 어쩌다 붕괴되었는지를 허무는 구름에게 알려준다. 비연과의 사랑. 문주의 광인이 된 사연, 자신이 바둑불사를 일으킨 이유…

산 정상의 서슬 퍼런 공기가 엄습해 오고 있었다. 그들 앞에는 벼락을 맞아 검게 그을은 앙상한 고목이 덩그러이 서 있었다. 운무가 짙게 깔리고 있었다. 허무는 아직도 씻지 못한 속세의 일이 떠올라 괴로워하고 있었다. 눈빛에 분노가 어렸다.

구름은 하늘이 놀라고 땅이 흔들릴 이 이야기를 듣게 되자 실로 놀라움을 금할 수 없었고 광인에 대한 증오심은 더욱 커져만 갔다.

구름은 이틀을 더 묵으며 지친 심신을 추슬렀고 허무스님과의 대국은 하지 않았다. 구름은 꼬박 삼일을 묵고는 하산했다.

제24화 비연 이야기

바람이 분다. 비연의 가슴속에 바람이 분다. 그녀의 심연 깊은 곳 황량한 들판… 딸을 잃고 헤매는 가련한 처지. 비연은 한 가닥 희망을 가지고 있었

다. 비연은 아기 이름을 '사랑'이라고 지었었다. 자신이 못다 한 사랑을 이루어달라는 뜻으로… 사랑은 비연이 실수로 뜨거운 주전자를 엎지르는 바람에 왼쪽 어깨에 심장 모양의 화상이 있었다. 비연만이 알고 있는 사실이었다. 그래서 사랑과 닮은 여자아이를 보면 왼쪽 어깨부터 살펴보곤 하였다. 비연은 절망 속에서도 그 끈을 놓지 않고 있었다. 구름이라는 도룡 사형의 제자가 광인을 무림바둑계에서 축출하려고 진검승부를 벌이기로 하였다는 사실이 두루 퍼졌다. 비연은 구름의 기재가 어떠한지 얼마만큼 강한지 알고 싶었다.

'사랑이 살아있다면 구름과 같은 또래일 텐데…'

비연은 또 한 움큼 울컥하며 눈물을 쏟아냈다. 마침 서울의 압구정에 있는 압구정호텔의 레드 드래곤 홀에서 구름이 인공지능과 십번기 제6국을 둔다는 소식을 접하였다. 마침 서울에 묵고 있던 비연은 짐짓 호기심이 일어 압구정으로 향하였다. 가면서 내내 생각했다.

'가게 되면 바둑계의 많은 사람들을 만날 텐데 내 처지가 곤란하겠구나. 변장을 하고 가야겠다.'

생각한 비연은 자신의 처지를 슬퍼하며 썬글라스에 마스크를 착용하고는 레드 드래곤 홀로 들어갔다. 근데 마침 로비에 들어서는 한 앳된 여자가 있었다.

"아빠! 오늘은 구름이 꼭 이길 거예요. 제가 장담해요."

하며 비단의 팔짱을 끼고 들어오는 앵두를 보게 되었다. 비연은 흠칫 놀랐다.

'혹시, 사랑이 아니야?'

비연은 3살 때의 사랑이의 모습과 겹쳐보며 혼란스러워했다.

레드 드래곤 홀에는 문전성시를 이룰 만큼 많은 구경꾼이 운집해 있었다. 장소도 장소려니와 구름과 인공지능의 대결은 무림바둑계에 신선한 볼거리를 제공했다. 과연 구름이 인공지능을 넘어 광인을 이길 수 있을까? 많은 바둑인들이 서로 이야기하며 궁금해했다. 그곳에는 유독 항아리파의 고수들이 많았다. 그 이면에는 큰 음모가 도사리고 있었는데…

항아리파의 촉망받는 후계자 의리는 잘생긴 훈남인 데다가 바둑실력도 출중하여 구름과 함께 명성을 드날리고 있었다. 무림바둑의 많은 여자들로부터 흠모를 받는 그들이었다. 미래를 짊어질 영걸들이어서 바둑계에서는 그들을 일컬어 '좌구름 우의리' 라 칭하며 대성하여 무림바둑계를 이끌어가는 큰 인물이 되길 소망하고 있었다. 그런데 의리는 앵두를 마음속으로 흠모하고 있는 처지였다. 비단파의 비단의 딸 앵두는 그만큼 예쁘고 청순했다. 의리는 지존대회에서 구름과 앵두의 친한 모습을 보고는 낙심했다. 마음속 깊은 곳에서부터 시샘이 일었다. 젊은 혈기의 남자에게서 가장 조절하기 어려운 마음속의 고민에 봉착한 것이었다.

'아! 내가 왜 이럴까? 마음이 요동을 치며 나를 집어삼키려 해.'

의리는 마음을 조절하는 데 급기야는 실패하여 마음을 다스리지 못하고 심령에 악마를 불러들이게 된다. 의리는 항아리파의 문주와 사형, 사제들을 설득하기에 이른다.

"구름은 자격이 없습니다. 지금까지 1무 4패의 초라한 성적으로는 광인을 이기기는커녕 웃음거리만 될 것입니다. 인공지능에게도 지게 된다면 우리는 2차 지존대회를 긴급히 열어 구름을 내리고 딴사람으로 하여금 광인과 대적토록 하여야 할 것입니다. 그리고 구름의 친구인 해룡과 우담이라는 친구들은 도박을 한다고 합니다. 정도를 걷지 않는 그들을 단죄해야합니다. 인공지능에게 지면 구름과 해룡, 우담을 심판대에 세워 무림바둑계에서 몰아내야 합니다!"

의리는 강경한 어조로 항아리파를 설득했다. 항아리파는 의리의 의견에 따르기로 했다. 그리하여 대거 항아리파가 레드 드래곤 홀로 모여든 것이었다. 도룡문, 항아리파, 기통문, 쌍도끼파, 블루파, 비단파의 무림바둑계를 지배하는 6대문파가 모여들었고 많은 무림의 고수들이 구경하러 와서 레드 드래곤 홀은 마치 지존대회를 방불케 했다. 그곳에 비연도 있었다.

제25화 십번기 제6국 : 인공지능과의 대국

영국의 인공지능(AI)회사 딥콘이 개발한 바둑 두는 로봇이 등장했다. 세간의 내로라하는 고수들은 인공지능과의 대결을 통해 겸손을 배워야 했다. 로봇의 일검에 추풍낙엽처럼 쓰러져간 그들은 낙엽이 하도 많아 쓸어담을 수조차 없는 지경에 빠지게 되었다.

인공지능의 학습 알고리듬은 이러했다. 무려 16만판의 금세기의 일류고수들의 대국보를 데이터베이스화하여 검색트리를 만들고 한판 당 200판을 두어보아서 16만판 곱하기 200판이라는 실로 막대하고 방대한 데이터를 보유하고 있었다. 약 3천만판이라는 데이터량이었다. 이 3천만판을 정책망으로 하여 판단을 하는데 확률상 승률이 높은 돌의 착수를 결정하여 인간의 어떠한 최고수가 어떤 수를 두더라도 그 검색트리에 걸려 헤어나오지 못할 만큼 강맹하였던 것이다. 기객들은 시름에 빠지고 낙담했다. 절대 프로그램이 인간을 이길 수 없는 유일한 게임, 도락으로 알고 있던 바둑에조차 인공지능의 시대가 도래한 것이었다.

딥콘사의 바둑 두는 로봇은 천하무적이었고 인간이 바둑계에 머무는 한

풀어나가야 할 하나의 숙제가 던져진 셈이었다. 그곳에는 오도독이란 아마 강자가 있었다. 그는 프로들과 친분이 있어 잦은 교류를 하곤 하였는데, 그 덕분인지 인공지능하고도 몇 차례 대국을 했던 기객이었다. 오도독은 대국에 앞서 명상을 하며 심호흡을 하고 있는 구름에게 다가갔다.

"구름. 인공지능은 100퍼센트 확실한 수를 두는 게 아닙니다. 확률상 승산이 높은 수를 두어갈 뿐입니다. 백퍼센트 확실한 수는 수상전에서 외길수순이 아닌 한 바둑엔 없습니다. 인공지능은 각 장면 장면에서 승산이 높은 수를 추려내어 착점하기 때문에 사람처럼 한 수 한 수에 의미를 담아 연속적으로 두어가는 게 아닙니다. 인공지능이 왜 갑자기 이런 수를 두지? 하고 고민할 필요가 없습니다. 그는 그저 한 수 한 수가 새판이나 마찬가지인 로직입니다. 인간이 컴의 연산능력을 이길 순 없으므로 이걸 잘 생각해야 합니다. 그러므로 그와 대국할 때는 스피디하게 선수를 뽑아 대응하는 것이 최선이 아닌가합니다."

구름은 오도독 무림선배의 충고에 깊은 고마움을 느꼈다.

"네 오도독 님, 제가 그렇게 한번 두어보겠습니다. 고맙습니다."

얼마 전까지 바둑은 기계적 알고리즘으로는 정복할 수 없는 난공불락의 요새처럼 인식돼왔다. 바둑의 예술미는 거기에 바둑의 존재가치를 더했고 지고한 가치들을 창출해왔다. 하지만 작금에 인공지능 로봇의 등장은 우리의 바둑에 대한 패러다임을 변화시키고 있다. 바둑 두는 로봇. 얼마 전까지만 해도 사람들은 그런 이야기를 들으면 웃곤 했다. 바둑의 경우의 수, 가지의 수가 얼마나 많은데 더군다나 바둑판 전체를 조망할 수 있는 고수의 눈을 가지고 형세를 볼 줄 알아야 하기에 인공지능이 제아무리 발전한다 해도 버그투성이의 애물단지일 뿐이라는 생각이 지배적이었고 또 실상 그러했다. 하지만 지금은 딥콘사의 로봇이 바둑고수들을 추풍낙엽처럼 꺾고 있고 로봇이 두는 수를 프로들도 모방하기 시작한 것이다.

이제 우리는 인정해야 하는 걸까? 바둑은 그저 알고리즘으로 특화된 인공지능에게 굴복당할 수밖에 없는 정체가 드러난 이빨 빠진 호랑이라는 사실을? 세인들은 말해왔다. 바둑은 컴퓨터가 정복할 수 없는 인간이 만들어낸 최고의 예술작품처럼 아름답기 그지없는 도락이자 수담이라고. 진리가 있다면 바둑 속에 있고 우리는 그걸 탐구해나가고 있다고. 수천 년을 내려오며 수많은 고수들이 걸어간 그 길 속에 진리가 있고 경험이 있고 창조적 에너지가 방출된다고.

고수의 멋진 한 수에 감탄하던 우리들. 프로의 감각적이고 본능적이고 동물적인 한수에 열광하던 우리들. 그들이 무참히 지고 있다. 인공지능 바둑 두는 로봇에게 말이다. 애기가들은 더이상 고심하며 바둑의 길에 숨어있는 지고한 가치, 진리의 길을 찾으러 방황하지 않을 것 같다. 그들은 이제 로봇이 가르쳐주는 그 길을 연구하고 모방하고 배울 것이기 때문이다. 우리가 알고 있던 바둑의 도는 이제 막을 내린 걸까?

구름은 인공지능과의 대결을 앞두고 마지막 심호흡을 하고 있었다. 중국계 멩야오 박사가 컴퓨터에 입력하고 인공지능이 착수하는 수를 보고는 반상에 돌을 놓게 되었다. 바야흐로 바둑은 시작되었다.

포석이 잔잔히 흐르고 있다. 흑을 쥔 구름은 우상귀에 날일자로 걸치고는 냉수를 한 모금 마신다. 좌변에서 흑돌이 약간 눌린 감은 있지만 전체적으로 판이 나쁘지 않다고 판단하고 있었다. 오늘따라 구름은 최선의 수를 찾아 두기보다는 변화를 피해 차분히 두어나가기로 마음 먹은 듯 잔잔히 행마해 나가고 있었다. 이때 반상에 인공지능이 우변에서 어깨 짚는 한 수를 두어온다. 사람이라면 생각하기 힘든 곳을 두어온 것이다. 이 수로 인해 반상은 대파란의 소용돌이에 휩싸이게 되는데…

흑과 백이 서로 끊고 끊어서 난전의 양상이 되어버렸다. 기세가 충돌한 것이다. 흑이 대마의 안위를 염려하여 널찍이 세 칸을 벌린 순간이다. 인공지능은 이때부터 이 대마를 집요하게 물고 늘어지기 시작했다. 흑을 쥔 구름은 괴로웠다. 자신의 능기인 공격을 하질 못하고 수비에 연연하게 된 자신을 책망하고 있었다. 구름의 대마는 달아나려고 발버둥치고 있었다. 순간 구름은 도룡비급 제3장을 떠올렸다.

'수비 시에는 천군만마가 질서정연하게 한보씩 후퇴하듯 해야 한다.'

구름은 질서정연한 군대처럼 한보씩 후퇴하기 시작했다.

그런데 백이 흑돌을 집요하게 추궁하는 과정에서 인공지능에게도 약점이 생겼다. 찬스가 생긴 것이다. 구름은 날일자하여 중앙 백돌 한 무더기를 노렸다. 이 날일자 한 수로 인해 인공지능의 승리확률이 급격히 떨어졌다. 60 프로를 상회하던 인공지능의 승리확률이 40프로까지 떨어진 것이었다. 구름은 승기를 잡았고 인공지능을 거세게 밀어붙이고 있었다. 구글의 팀장은 승리확률이 35프로까지 떨어지자 인공지능의 승리가 어렵다는 것을 알게 되었고 살며시 자리를 떠 달아났다. 검토실을 비롯한 관전객들은 흑을 쥔 구름이 역전의 발판을 마련하자 다들 엄청나게 소란스러운 와중에서 한껏 구름에 대한 희망으로 고조되어 있었다.

'음. 대마가 끈질기게 명맥을 유지하더니 이젠 역습을 하는군. 기재가 총명해 보인다. 최선의 수를 두기보다는 7~80점짜리 행마를 많이 하는군. 이런 전략이라면 승리할 경우가 많을 거야.'

비연은 구름의 실력이 자신이 생각하는 것 이상으로 훌륭하다고 느꼈다. 그러면서도 아까 로비에서 만났던 그 앵두라는 여자가 자꾸 눈 속에 박혀 있었다. 어려서의 사랑이와 너무도 흡사한 인상을 가지고 있었기 때문이었다. 중앙의 백돌들이 다 죽었다. 한 수 차이였다. 구름은 인공지능에게 쾌승을 거두었다. 구름의 십번기 첫 승리였다. 항아리파와 후계자 의리는 다음을 기약하며 말없이 물러났다. 멩야오 박사가 패배를 인정하자 대국실로 앵두가 한걸음에 달려왔다. 구름은 상기되어 있었다.

"난 구름이 이기리라는 것을 처음부터 알고 있었어."

앵두는 해맑게 웃고 있었다.

"그럼, 난 고철 따위에게는 지지 않아."

구름도 밝게 웃었다. 구름은 허무스님을 만난후로 마음이 평온해져 다시금 본래의 승부사의 본령으로 돌아오고 있었다.

제26화 기통문 이야기

기통문(氣通門)! 기통문은 바둑이 곧 수읽기임을 표방한 정파의 가장 오래된 문파였다. 기란 바둑의 내공, 수읽기를 의미했고, 수읽기를 통해서만 이 바둑이 자유로울 수 있다는 의미였다.

수읽기는 여러분이 가진 참다운 실력을 묻는다. 수읽기는 노력으로는 향상이 어려운 정복하기가 제일 까다로운 부분이다. 여러분은 프로들이 '10수 앞을 내다보고 두었다.' 라는 말을 들어본 적이 있을 것이다. 수를 읽어내기가 아주 난해할 때 그 접전에서 가장 효율적이고 강력한 수를 두어 난관을 극복해 나가는 힘이야말로 그 사람의 진짜 실력이요 실제 기력인 것이다. 포석과 정석을 아무리 잘 늘어놓아도 중반 전투의 고비에서 자신의 돌들이 처참히 죽어나간다면 바둑은 이미 패국지세인 것이다. 자신의 돌을 살리고 상대방 돌을 잡을 수 있는 능력 그것이 바로 수읽기인 것이다. 이창호, 이세돌 같은 대기사들은 수읽기 능력이 다른 사람들에 비해 월등히 뛰어났다. 수읽기가 약하고서는 대기사로 일세를 풍미할 수 없다.

어지럽게 돌들이 얽힌 반상에서 자신의 돌을, 자신만의 돌을, 수읽기를 통해 생각해낸 최선의 수를 둘 수 있는 사람이야말로 진정한 강자요 승자인 것이다. 기통문의 문주 청산걸인은 수읽기 힘을 문파에 길러주기 위해 창작사활집 '기통사활-퇴마편'을 내놓는다.

'기통사활-퇴마편'은 중국의 고전사활집 '현현기경'과 일본의 고전사활집 '발양론'을 깊이 연마한 후에 자신의 독창적인 사활문제를 창조해 만든 것으로서 당시대의 수많은 애기가들에게 각광받고 있었으며 가문의 비기를 모든 이가 볼 수 있도록 책으로 오픈하여 모든 이의 두터운 신망을 얻고 있었다. 청산걸인은 단언하기를 '내가 열 수 앞을 볼 수 있다면 승리의 여신이 반드시 미소 지을 것이다.'라고 하며 '십수론'을 역설한 바 있었다.

참으로 주옥같은 사활문제들이 담긴 퇴마편 하나로 큰 명성을 얻고 있던 청산걸인은 바둑도 강맹하기 이를 데 없었다. 청산걸인은 별명이 하나 있었으니 바로 '묘기만출'이다. 묘수, 기이한 수, 괴이한 수를 잘 두어 무림바둑계에서 묘기만출이라는 별칭으로 칭해졌다.

구름은 청산걸인이라는 바둑계의 대가와 십번기를 벌이는 것에 대해 흥분하고 있었다. 청산걸인은 아무하고나 바둑을 두어주는 사람이 아니었던 것이다.

제27화 앵두의 지혜

비단은 앵두가 기재를 보이자 자신의 절기를 모두 쏟아부어주어 앵두를 바둑계의 떠오르는 별로 만든다. 비단은 자신이 더이상 가르칠 것이 없음을 알고는 기통문으로 보내에 더욱 큰 바둑의 진보를 이루게 한다. 비단은 비록 명망이 높았지만 바둑에서만큼은 다른 문중의 고수들보다 기력이 약했던 것이다.

앵두는 기통문의 사형들과 바둑 두기를 즐겨했는데 그녀는 이상하리만큼 돌을 잘 죽였다. '사소취대' 란 바둑십계명중의 한계명이 있다. 앵두는 사소취대를 너무나 잘하였다. 앵두가 기통문의 사형인 소우인과 대국을 할 때의 일이다. 다음의 장면도를 보자. 앵두의 흑번이다.

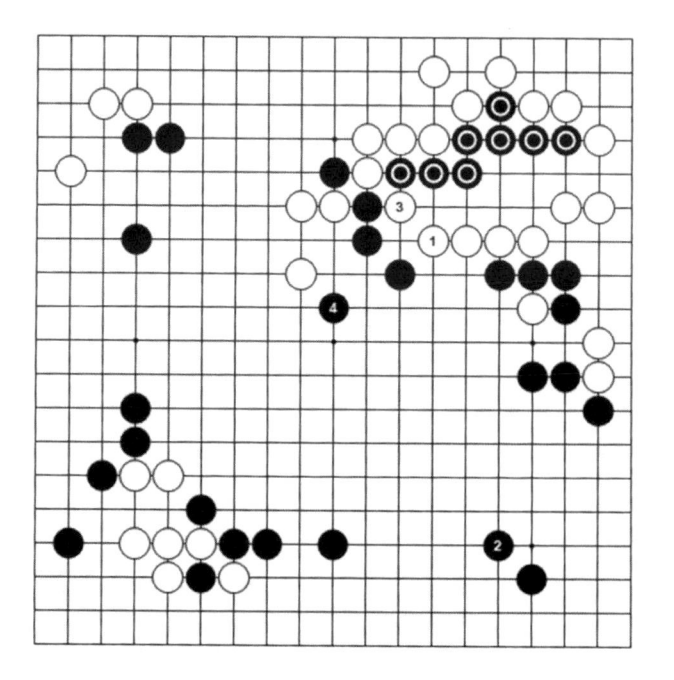

[장면도] 앵두의 지혜

백을 쥔 소우인은 흑 진영을 깨뜨리기 위해 그 첫수로 다음과 같이 두었다. 백의 첫수는 백①이었다. 백의 의도는 명백했다. 흑이 동그라미 흑돌을 이어갈 때 흐름을 타고 뛰어나와 흑돌들을 공격하며 방대해질 수 있는 우하의 흑 진영으로 자연스럽게 흘러들어가자는 의미였다. 그런데 놀랍게도 흑을 쥔 앵두의 전략은 대범했다. 앵두는 냉철하게도 동그라미 흑돌을 죽이기로 결심한 것이다. 흑❷로 일단 귀를 지키고는 백이 이게 웬 떡이냐며 백③으로 흑돌을 끊어 잡을 때 흑❹로 진영을 확장하며 우하에서 중앙에 이르는 엄청난 모양을 만드는 데 성공한 것이다. 소우인은 좀 더 두다가 더이상 그 큰 모양 때문에 이기지 못함을 깨닫고는 돌을 던졌다. 앵두가 구사한 이런 바둑의 전략은 사소취대의 병법으로서 고수가 아니면 구사하기 힘든 것이었다. 앵두는 늘상 이런 전법으로 기통문의 사형들을 골탕 먹이고는 하였다.

사소취대란 작은 것을 버리고 큰 것을 취한다는 뜻이었다. 바꿔 말하면 작은 것을 탐하다 큰 것을 잃는 우를 범하지 말라는 뜻이었다. 우리는 주위에서 남자들이 순간의 쾌락을 쫓아 아내 이외의 여자를 탐하다 결혼생활이 파국으로 치닫는 경우를 종종 본다. 매우 주의할 일이다. 기통문의 사형들은 예쁘기만 한 줄 알았던 앵두가 바둑도 곧잘 세다는 것을 알게 되고 나서는 더욱 앵두를 사랑하게 되었다. 단발머리가 찰랑찰랑하니 앳되고 아름다웠던 앵두. 하지만 앵두는 마음속에 구름을 간직하고 있었다. 빨간 지갑의 주인이었던 앵두의 맘속에는 함께 놀던 구름과의 시간들이 너무나 깊이 아로새겨져 있었던 것이다.

제28화 십번기 제7국 : 청산걸인과의 대국

　기통문은 광주 무등산 자락에 위치해 있었다. 산은 어느덧 형형색색의 초록의 물결로 뒤덮여 있었다. 한 여름의 뜨거운 열기는 오늘 벌어질 대국을 대변하는 듯했다. 산 정상 쪽으로 기암괴석들이 웅장하였다. 구름이 도착한 기통문은 실로 호방하고 으리으리한 대궐 같은 인상을 풍기고 있었다. 구름은

'역시 기통문은 큰 문파로써 도량도 의리의리하구나.'

하고 생각하며 도장으로 들어갔다.

　묘기만출로도 불리는 기통문 문주 청산걸인. 그는 호남형인데다 기골이 장대하였다. 백발과 오랫동안 깎지 않은 흰 수염이 관록의 맹장임을 상대에게 느끼게 하는데 한 점 부족함이 없었다.

　바로 대국이 벌어졌다. 돌을 가린 결과 구름이 백을 쥐게 되었다. 이상하리만큼 구름은 위축되어 있었다. 기통문이라는 대문파 앞에서 기가 죽어서는 안 되는데 오늘따라 구름은 청산걸인 앞에서 마치 어린아이인 양 주눅이 들어있는 듯했다.

　아니나 다를까 초반 포석 단계에서 구름은 판을 그르치게 된다. 좌상귀에서 벌어진 일련의 수순들 속에 구름은 한 가닥 한기를 느꼈다. 뭔가 큰 노림을 상대가 감추고 있음을 직감한 것이었다. 손실도 손실이려니와 기백에서 밀린 감이 없지 않은 좌상귀 절충 앞에서 구름은 오늘 바둑은 참으로 험난하겠구나하는 생각이 들었다. 우하귀에서 고목정석이 다시금 펼쳐지고 있었다.

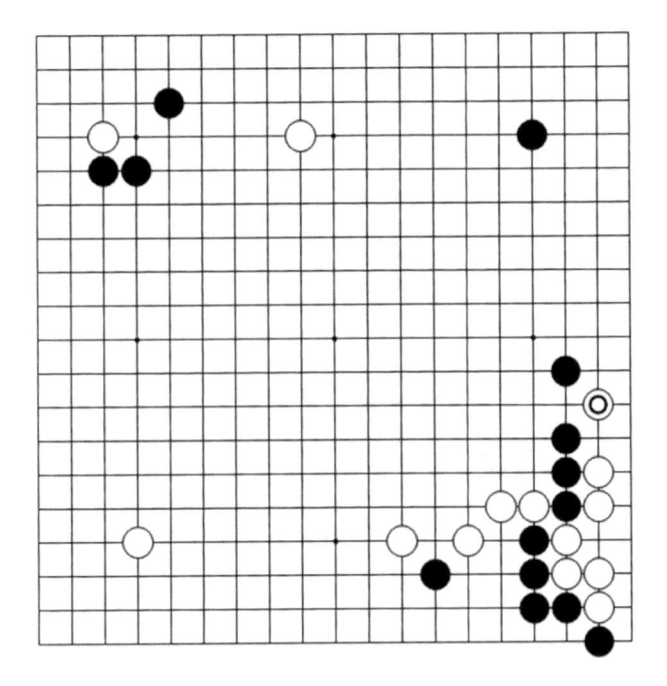

[장면도 1] 신선들의 수

　구름이 동그라미 백돌을 놓자 청산걸인은 흠칫 놀랐다. 이 수법은 처음 보
는 것이었다. 사활뿐만 아니라 정석과정에서도 큰 공부가 있었던 기통문
문주는 이수가 갖는 난해함에 혀를 내두를 지경이었다. 생각에 생각을 거
듭할수록 미궁으로 빠져들게 하는 수법이었다. 이 수법은 도룡문의 비기
는 아니었다. 구름이 허무스님을 만나러 월악산 자락에 갔을 때 만났던 신
선들의 바둑을 보고는 스스로 연구하여 창안한 수법이었다. 구름은 이수를
처음 써 보았다. 변화가 끝없이 이어질 것 같은 이 난해한 수법에 청산문주
는 점점 얼굴빛이 붉어졌다. 마냥 하염없이 장고만 하고 있을 수도 없는 노
릇이었다. 만일 가만히 잇는다면 귀의 흑돌이 전멸하게 된다.

[참고도 1] 귀의 흑 전멸

청산문주는 이후의 진행에 자신이 없었다. 검토실은 처음 보는 구름의 괴초식에 다들 놀라움을 금하지 못하고 있었다.

'이런 수도 있는 걸까? 바둑의 수는 정말 무궁무진하구나. 구름은 정말 나날이 진보하고 있구나. 인공지능을 이길 때는 소 뒷걸음에 쥐를 잡은 격인 줄 알았는데 이수를 보니 명불허전이로군.'

기통문의 후계자 기통달인은 칭찬을 아끼지 않고 있었다.

백이 중앙을 보강할 무렵 어렵기 그지없던 우하귀에서의 백의 신수법은 일단락이 되었다. 백이 흑돌 두 개를 잡아 한껏 초반 손실을 만회한 장면이 된 것이다. 바둑은 이제부터인 셈인데 중앙접전에서 청산문주는 호기 있게 돌을 몰아서 백돌을 그로기상태로 몰아가는 데 성공한다. 흑이 기세 넘친

공방 끝에 백돌을 포위하는데 성공한다. 위기의 순간. 구름은 한 호흡을 길게 내쉬고서는 타개책을 찾기에 고심하고 있는데…

구름에게 한 가닥 실낱 같은 살길이 보이기 시작했다.

백이 절묘한 타개를 하자 흑이 백을 잡는 길은 사라졌다. 형세는 오리무중. 과연 흑이 덤을 낼 수 있느냐가 관건인 싸움이 되었다. 끝내기로 돌입한 것이다.

바로 이때 청산걸인의 치명적인 실수가 나온다. 바둑에서는 돌의 연결이 제일 중요한 것이다. 돌이 끊기면 힘을 잃게 되고 몰리게 된다. 돌들이 이어지고 연결이 될수록 돌은 힘을 갖게 되고 생명력이 넘친다. 프로기사 서명인은 말하기를 '바둑은 연결'이라 했다. 돌의 연결이 가장 중요함을 갈파한 명언이었다. 청산걸인은 문주로서 최선을 다했지만 마지막 끝내기과정에서 한 집이라도 더 이득을 보기 위해 버티는 과정에서 돌이 끊기는 비극을 맞게 되었다.

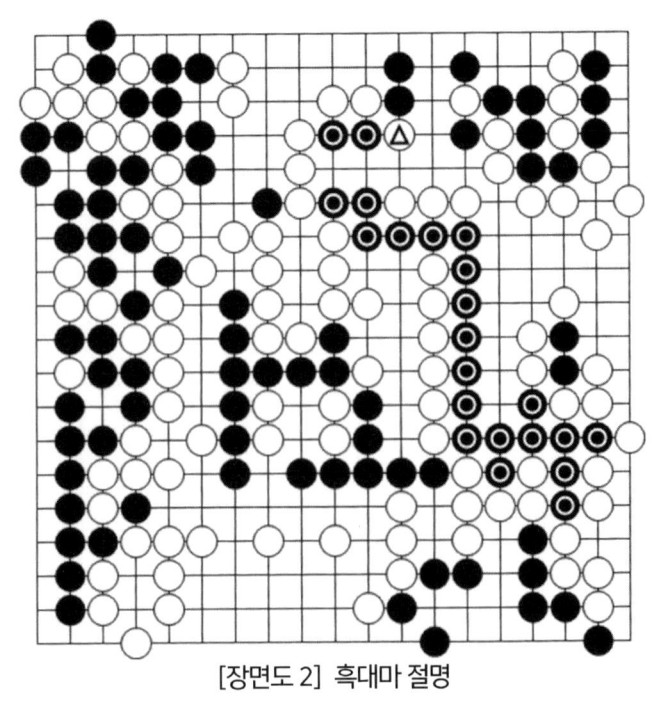

[장면도 2] 흑대마 절명

동그라미 흑돌 전체가 끊겼다. 마치 마법에 걸린 듯 흑돌이 끊긴 것이다.

'허어. 이럴 수가… 그곳이 끊기리라고는 상상도 못했는데…'

청산문주는 허탈하게 웃었다. 구름의 승리였다.

제29화 사활문제의 공방 - 사기바둑 이야기

 구름과 해룡, 우담은 대구로 내려가는 길이었다. 미국 좀비와의 대국을 위해서였다. 현재 좀비는 쌍도끼파의 최고수였는데 대구에 묵고 있었다. 동대구역에 다다라 쌍도끼파의 도장으로 가려고 길을 나서려는데 저쪽 길가에서 무리지은 사람들이 웅성웅성하는 소리가 들려왔다. 궁금한 것을 못 참는 성격의 해룡이 한걸음에 달려갔다. 거기에서는 한 노인이 바둑사활문제를 내놓고는 길 가는 사람들을 모아놓고 풀어보라고 하고 있었다. 한낮의 뜨거운 열기를 막기 위해 세워둔 노란색 파라솔이 햇빛에 반짝였다. 모양은 간단했다.

백선으로 흑을 잡아야 하는 문제였다. 근데 아무도 풀지 못해 돈만 날리고는 끙끙 앓고 있었던 것이다. 해룡은 수읽기로 바로 정답을 찾아냈다.

"내가 풀어보겠소!"

해룡은 자신만만했다.

"그러시구랴. 시간은 3분 드리지요~"

백발이 성성한 노인이 답했다.

"풀면 3만 원을 드리지요. 못 풀면 만 원은 내 것이 됩니다."

노인은 살며시 웃으며 돌을 정비하고 있었다. 근데 분명 풀릴 것 같던 그 사활문제가 아무리해도 풀리지가 않는 것이었다. 해룡이 물어보았다.

"끙, 이거 답이 없는 것 아니오? 아무래도 안 풀리는데."

구름이 옆에서 짐짓 보니 그 노인이 몰래 돌 하나를 움직이는 것이 보였다. 모양을 약간 바꾼 것이다.

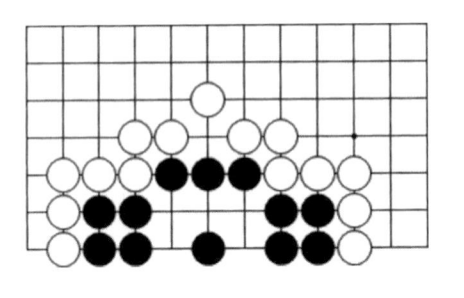

가만히 보면 백돌 하나가 위로 올라가있다. 공배문제가 있기 때문에 풀릴 문제도 안 풀리게 되는 것이었다. 해룡과 우담을 비롯한 구경꾼들은 그 노인이 돌 하나를 옮겼다 말았다하며 해룡을 골려먹는 줄을 꿈에도 모르고 있었다. 그만큼 능숙하게 아무도 몰래 돌을 움직였다.

"하하하, 이거 해룡이 풀지 못하는 문제도 있네. 해룡! 갈 길이 바쁘니 그만 일어나지!"

구름은 그 노인의 밥벌이를 깨고 싶지 않았던 것이다. 해룡과 우담은 쌍도끼파 도장에 가는 줄곧 그 사활문제로 끙끙 앓고 있었다.

제30화 쌍도끼파 이야기

미가 천사파를 거느리고 그 제자들인 사천왕이 무림바둑계에 명성을 드날리고 있을 무렵 대구에는 큰손이라고 불리는 아기호빵이란 인물이 있었다. 그는 바둑후원자가 아니라 진검승부를 다투던 진정한 강자였고 지는 법이 없어 대구 경북일대를 떠르르 떨게 하였다. 그가 바둑을 둘라치면 그 큰 손으로 돌을 살며시 갖다놓는데 마치 어린아이가 조심스레 돌을 놓듯 하였다. 그 수들은 묘수, 괴수, 기수가 많았고 상대의 명맥을 끊어놓곤 하였다. 사람들은 그의 큰 손을 빗대어 말하기를

"저 큰 손 좀 봐. 저런 손으로 두는 수들이 천하제일 묘수들이니 참으로 강맹하기 이를 데 없구나."

하며 놀라곤 하였다.

그는 얼굴이 둥그스런데다가 작달만한 납작한 키에 비해 유독 컸으므로 세인들은 그를 아기호빵이란 별칭으로 부르곤 하였다. 큰손이는 마치 아기 같이 동안이었던 것이다. 그의 강함을 보고 인근의 많은 강자들이 대결을 청했고 그는 늘 이겨갔다. 그는 천성이 순박하였지만 어려서부터 도박바둑에 빠져 끊질 못하고 있었다. 한 가지 흠이 있다면 그것이었다. 인근의 많은 강호들이 그의 제자로 들어왔다. 그는 제자를 가리지 않고 다 받아주었는데 이게 나중에 화근이 되었다.

큰손이를 문주로 하는 쌍도끼파의 탄생! 무림바둑계는 새로운 문파의 성립을 인정하였고 모두들 축하해주었다. 당시 무림바둑계에서 인정을 받고자 하면 지존대회에 참가할 자격이 있어야 했다. 지존대회는 5년에 한 번씩 개최되었고 문파마다 돌아가며 열리고 있었다. 역사가 200년이 넘는 바둑계의 가장 큰 대회였다.

각 문파들은 200년 동안 흥망성쇠를 거듭하며 지금까지 이르렀는데 천사

파, 항아리파, 기통문, 블루문의 4파가 그 당시 있었다. 쌍도끼파는 나날이 융성해져서 지존대회의 참가자격을 얻게 되었고 무림바둑계는 5대문파로 거듭나게 되었다. 하지만 쌍도끼파는 도박을 허용하여 문파가 점점 협잡과 권모술수에 물들어가 타락하게 된다. 무림바둑계의 골칫거리가 된 것이다. 하지만 바둑만큼은 강맹하기 이를 데 없었다. 그들은 자신들의 이름을 쌍도끼일, 쌍도끼이, 쌍도끼삼 등등 숫자를 넣어 개명하여 부르곤 하는 특이한 문파였다.

세인들은 쌍도끼파의 좋은 면만 보고 열광했다. 도박으로 돈을 벌게 해주고 환심을 사는 쌍도끼파에게 현혹된 것이었다. 쌍도끼파의 인기는 나날이 올라갔다. 쌍도끼파는 결속을 다지며 자신들끼리 똘똘 뭉치곤 하였다. 그러나 쌍도끼파는 지존대회에서 광인을 축출하는 데 동조하고 있었다. 광인에게 입은 피해가 많았던 것이다.

미국에서 귀화한 바둑고수 좀비는 천사파가 와해되고 나서는 갈 데가 없었다. 생활터전이 없고 돈이 궁했던 미국 좀비는 쌍도끼파의 적극적인 구애로 쌍도끼파에 들어간다. 좀비는 천성이 사파와 정파를 구별하는 것을 싫어했고 사람들과 어울리는 것조차 싫어했다. 미국 좀비는 어려서 큰 병을 앓아 걸음걸이가 마치 좀비가 걷는 듯하였고 얼굴도 병을 앓은 여파로 좀비처럼 생겼던 것이었다. 좀비는 쌍도끼파에 들어가자마자 바로 최고반열로 올라간다. 4천왕의 일원이었던 좀비의 기력은 타의 추종을 불허할 만큼 강했던 것이다.

제31화 십번기 제8국 : 좀비와의 대국

대구 팔공산 자락에 위치한 쌍도끼파의 도장. 좀비와의 십번기 제 8국이다. 구름의 흑번. 좀비는 싸움꾼이었다. 완력이 대단하고 난전에 능했다. 포석이 마무리될 즈음부터 끝없는 난해한 전투로 유도하는 게 그의 바둑의 특징이었다. 그는 대단히 강했고 전투를 즐겼다. 무릇 즐기는 자는 당할 사람이 없는 법이다. '천재는 노력하는 자를 당할 수 없고, 노력하는 자는 즐기는 자를 당할 수 없다'란 말도 있질 않던가?

좀비는 늘 전투를 즐겼고 어지러운 반상에서 물살을 거슬러 오르는 연어처럼 힘이 좋았다. 그리고 그렇게 한 수 삐끗하면 바로 나락으로 떨어지는 어려운 전투에서 결코 지는 법이 없었다. 예전 4천왕의 명성은 허황한 것이 아니었던 것이다. 오늘도 언제나처럼 좀비는 흔들어댔다. 일종의 공갈포였다. 나 이 길을 갈 테니 막아보려면 막아봐 하고 엄포를 놓고는 대답을 들을 사이도 없이 훠이훠이 길을 걸어가는 사나이의 모습 바로 그것이었다. 구름도 원래 능기가 전투였지만 좀비 앞에서는 한없이 작아지는 자신의 모습을 보게 되었다. 여간 힘이 좋은 것이 아니었던 것이다. 아기호빵이라 불리던 큰손이의 그 큰 손이 머릿속에 떠올랐다,

'아. 쌍도끼파 문주 큰손이의 그 큰 손이 연상되는구나. 한 수 한 수가 점점 더 나를 더 깊은 구렁으로 끌고 가고 있다. 빠져나오고 싶지만 이미 수렁에 빠져 허우적거리는구나. 이 난관을 어이할까? 괴롭기만 하구나.'

구름은 몹시 괴로웠다. 실력차가 느껴질 만큼 좀비의 완력 앞에서 한없이 작아지는 자신을 발견한 것이다. 구름은 도룡비기를 생각하며 심호흡을 하기 시작했다. 판이 끝나버릴 만큼 중요한 절체절명의 순간에 다다랐던 것이다.

'도롱비급 제1장 망즉생, 빈 공허한 마음에 바둑을 담을 수만 있다면 천하를 얻으리라!'

구름은 제일 첫 1장의 말씀을 생각했다. 이 판에서 바로 지금 이 순간이 마음을 비우고 바둑을 담아야 할 순간이었다. 하지만 외통수에 걸린 듯, 장기판에서 장군을 상대가 불렀을 때 달아날 길이 보이지 않듯 지금 형세가 바로 그러했다. 구름은 이미 판세가 크게 기울어져 있었기 때문에 돌을 던지고 패배를 인정해야 할까 생각하고 있었다.

하지만 천운이었을까? 승부의 여신이 구름에게 미소를 보낸 것이다. 양쪽 축을 한 수로 방비할 수는 없는 노릇, 흑돌 둘 중의 하나는 축으로 몰려 죽을 운명이었고 하나라도 죽으면 바둑이 끝나버리는 절망적인 순간, 구름의 눈에 한줄기 빛이 보인 것이었다. 두 개의 축을 한수로 막고 오히려 상대의 백돌을 잡을 수 있는 기괴한 한수가 눈에 들어왔다. 구름은 이 판을 지금껏 질질 끌려왔다. 상대의 완력에 한치 앞도 보질 못하며 대응에 급급했다. 두 대국자 그 누구도 구름이 지금 착점하려는 '진신두의 묘수'를 보지 못하고 있었던 것이다. 백만판에 한번 나올까 말까하다는 '진신두의 묘수'가 구름의 눈에 들어왔다. 구름은 살며시 흑❶을 놓았다.

이 수를 본 좀비는 철퇴를 맞은 듯 꼼짝 못 하고 머릿속이 하얘졌다. 본 즉시 두 축을 방비하는 천하제일의 묘수 진신두임을 알아차린 것이었다. 책에서만 이런 것이 있나보다고 알고 있던 그 묘수를 실전에서 당하고 나니 머릿속이 하얘지고 온몸이 얼어붙는 전율을 느꼈다. 상대의 수를 깊이 음미하며 바라보던 좀비. 약 5분이 흘렀을까? 좀비는 조용히 돌을 거두었다. 옆에서 대국을 관전하던 쌍도끼파 사람들은 깜짝 놀랐다. 구름이 던질 때만 기다리며 좀비대사형의 완승을 의심치 않고 있던 그들은 말문이 막혀있었다. 이윽고 쌍도끼삼이 말했다.

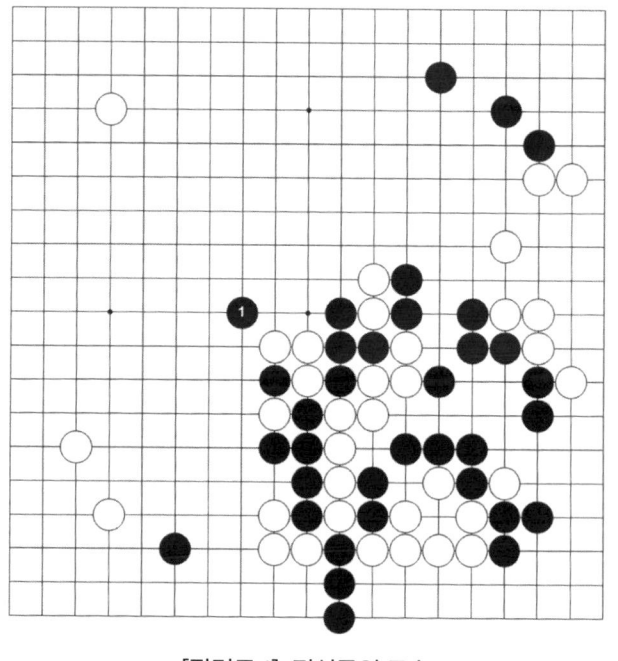

[장면도 1] 진신두의 묘수

"이건 천년 바둑사에 나올까 말까한 그 모양이로구나. 책에서만 있다고 들었던 진신두가 아닐까?"

쌍도끼일이 말을 받았다.

"그 옛날 '망우청락집'에 바둑의 신으로 불리던 왕적신의 기보 '일자해양정(一子解兩征)'에 나오는 그 모양인 것 같아."

구름은 얼떨결에 좋은 수를 발견했던 것이었고 상대의 도량이었으므로 조용히 있었다. 이 한판의 묘수로 인해 구름의 인기는 하늘을 찌를 만큼 올라가고 있었다.

5부

마귀와의 싸움

제32화 탐혼과 의리

무릇 양이 있으면 음이 있듯 정도가 있으면 패도가 있는 법. 나는 줄곧 인간의 마음속에 패도를 심어왔다. 나는 바둑의 악신으로써 지옥의 어둡고 음침한 깊은 수렁에서 살아왔다.

나의 주군이신 대마왕 미르님이 하루는 나를 부르셨다. 미르님은 최고반열의 대마왕으로서 세인들이 사탄이라고 부르곤 하였다.

"구름이 무림바둑계에 평화를 가져오고 정도를 걸으며 세상에 사랑을 심으니 내 비위에 거슬린다. 너는 속세로 나아가 구름을 이겨 세상을 혼란에 빠뜨려라. 세상에 빛이 있듯 어둠도 있음을 세인들이 알게 하려 함이다."

나는 지옥의 문을 천년 만에 열고 다시금 세상에 왔다. 나의 이름은 탐혼이다.

나는 구름의 적인 의리의 바둑령에 달라붙어 의리를 절대고수가 되게 하고 그 대가로 의리의 영혼을 요구할 셈이다. 나는 의리로 하여금 구름이 패하게 하여 세상을 혼란 속에 가둘 것이다. 그러면 나의 임무는 마치게 된다. 세상엔 또다시 어둠이 깃들고 나의 주군의 치세는 더욱 강건해질 것이다.

의리는 마음속에서 끓어오르는 구름에 대한 분노와 질투, 미움과 적의로 가득 차 있었다. 구름은 어느덧 모든 바둑인들의 신망과 존경을 한 몸에 받는 인물이 되어가고 있었고 앵두는 구름의 여자가 되어가고 있었다. 의리는 항아리파의 후계자로서 문파를 융성시키고 정도를 걸어야 할 의무가 있었음에도 불구하고 사랑의 패배자가 되어 점점 사악한 악마의 모습으로 변하기 시작했다. 마음을 다스리질 못하고 심령이 참으라고 계속 말해주었지만 그럴수록 참아내기가 더욱 어려웠던 것이다. 무릇 이런 자에게 악마가 찾아드는 법이다.

어느 날 밤 의리가 분노에 휩싸여 잠을 뒤척이고 있을 때 탐혼이 찾아들었다.

"네 영혼을 나에게 바쳐라. 너를 바둑 최고수가 되게 해주리라. 구름을 이기고 앵두를 너의 여자로 만들어주마."

탐혼이 말을 이어갔다.

"나는 바둑의 신 탐혼이다. 나를 통하지 않고는 결코 구름을 이길 수 없다. 네가 구름을 이기고 네 욕망을 성취하도록 내가 돕겠다."

의리는 꿈인지 생시인지 분간을 못할 지경이었다.

"당신은 누구요?"

의리가 물었다.

"나는 바둑의 신이자 악마인 탐혼이다. 나는 너를 최고수가 되게 하려고 저 먼 지옥의 끝에서 왔다. 너를 자유롭게 날게 해주리라. 운명을 거스를 용기가 너에게 있느냐? 네가 용기만 있다면 나를 받아들일 것이고 앵두를 차지하게 될 것이다."

의리는 심령이 크게 망가져있던 참이었다. 앵두를 차지하고 싶은 마음에 구름에 대한 악의가 가득하였다.

"제 영혼을 당신께 바치겠습니다. 구름을 꺾고 앵두를 차지하게 해 주십시오."

그러자 탐혼은 의리의 심령에 달라붙어 들어왔다. 의리가 악마를 자신의 심령 깊숙한 곳에 불러들인 것이었다.

제33화 **악몽을 꾸다**

구름은 혼자 산길을 헤매고 있었다. 산길 모퉁이에 장승들이 보였다. 어두운 밤에 별빛만 처연히 비추이고 있었는데 천하대장군, 지하여장군, 축귀대장군, 토지대장군 등의 장승들이 솟대와 더불어 음산하게 늘어서 있었다. 구름은 칠흙 같이 어두운 밤에 별빛에만 의지한 채 걷고 있었다. 갑자기 앞에서 여자의 비명소리가 들려왔다.

가만 보니 의리가 앵두의 손목을 잡고는 질질 끌고 가고 있었다. 앵두는 반항했지만 너무 완강한 사내의 힘에 무참히 끌려가는 중이었다. 애처로운 앵두의 눈빛과는 대조적으로 의리의 눈은 마치 악마의 독기서린 눈빛처럼 무섭기 그지없었다. 구름은 득달같이 달려가 의리의 면상을 주먹으로 치고 앵두를 구출하려고 달려 나가고자 하였지만 발걸음이 떨어지지가 않았다. 가만히 보니 발밑이 진흙탕이어서 한발을 내딛기도 힘든 것이었다. 앵두는 계속 끌려가며 살려달라 외치고 있었고 구름은 한걸음을 떼기가 버거워 거의 미칠 지경이었다.

그때 '헉' 하고 구름은 잠에서 깨어났다. 악몽이었다. 구름은 십번기의 막바지에 다다르고 있었고 앵두와 사랑에 빠져있었다. 악몽을 꾸고 나자 구름은 부엌으로 달려가 냉수를 벌컥벌컥 마셔댔다. 잠을 더 이상 청할 수 없었던 구름은 깊이 가부좌를 한 채 명상에 잠겼다. 한 2시간 남짓이었을까? 운기조식이 깊게 이루어지고 있을 때 불현듯 마음속 심령이 외쳐대는 소리가 들렸다.

'여자를 탐하는 자가 어찌 천하를 도모할 수 있단 말이냐? 너는 광인을 이기고자 하지만 뜻을 이루지 못하리라.'

구름은 괴로웠다. 악몽을 꾸게 되니 앵두의 신변에 무슨 안 좋은 일이 생겼을까 걱정되기 시작했다. 구름은 명상을 멈추었다. 구름은 바둑판에 돌

하나를 갖다 놓으며 중얼거렸다.

'다시금 되돌릴 수 없다면 그 길로 갈 수밖에 없는걸…'

구름은 앵두를 사랑하고 있었고 둘은 사랑이 깊어져만 가고 있었다.

제34화 십번기 제9국 : 의리와의 대국

의리는 분노하고 있었다. 시샘이 극에 달하여 마음에 참을성이 없어지고 구름에 대한 질투와 분노가 그를 사로잡고 있었다. 의리는 생각했다.

'이 대국에서 필히 이겨 앵두에게 멋진 모습을 보여준다면 어쩌면 앵두가 나에게로 마음을 돌릴지도 몰라.'

의리는 비뚤어지고 허황한 생각에 사로잡혔다. 심령이 더럽혀져 있었던 것이다.

실력으로 구름을 이겨 앵두의 환심을 사려는 의리. 이 바둑은 두 기사가 초반부터 기세싸움이 대단하고 돌들이 수없이 얽히고설켜 난해하기 이를 데 없었다. 바둑계에서 촉망받던 두 사람. 그들은 한 치의 물러섬도 없이 대난투극을 벌이게 되는데…

인천의 항아리파 본산 특별대국실. 의리는 머리를 모두 밀어 대머리였다. 항아리파는 모두 대머리였다. 그들만의 특색이었다. 어느덧 가을의 초입에 다다르고 있었다. 창밖에서 매미가 맹렬히도 구슬프게 울고 있었다.

흑을 쥔 구름. 포석도 없이 난전의 양상이다. 흑돌과 백돌이 누가 이기나 한번 해보자는 식이었다. 돌들이 초반부터 얽히고설켜 한 치 앞을 모르는 미궁에 빠져들고 있었다. 구름은 난전 속에서도 한 가닥 평정심을 유지하고 있었지만 의리는 마음속에 분노가 가득 담겨 있었다.

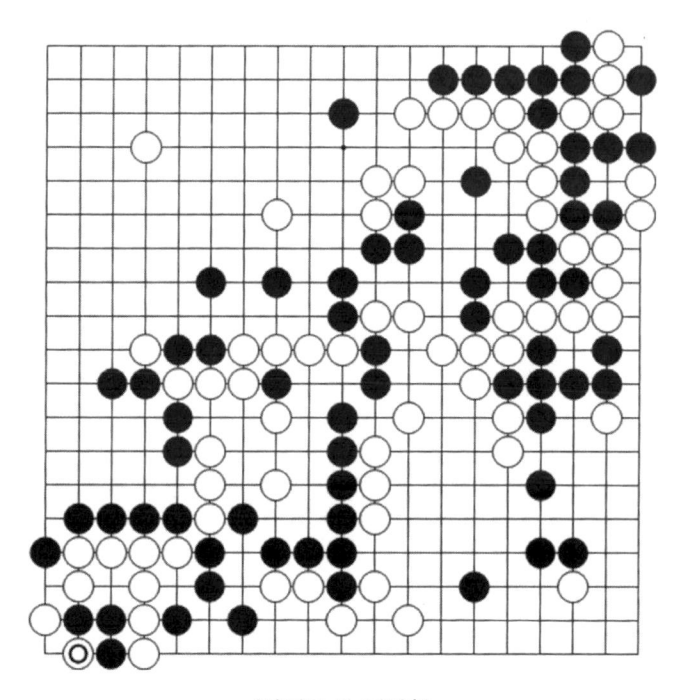

[장면도 1] 뒷박형

좌하귀에서 뒷박형 모양이 나왔다.

'뒷박형을 제대로 이해하면 프로' 라는 말이 있을 만큼 변화가 많고 아주 까다로운 모양이다.

패싸움이 시작되었는데 구름이 반드시 이겨야 하는 패였다. 이 패에서 지면 하변에서 중앙에 이르는 흑대마가 다 절명하게 되기 때문이었다. 구름은 대마의 목숨이 경각지경에 이르자 도룡비급 제 7장이 머릿속에 떠올랐다. 그가 주화입마에 빠졌던 그 대목이었다.

'대마가 죽었다고 절망하지 마라. 네가 최선을 다했으면 반드시 살 길이 있으리라. 묘착은 마음의 눈으로 보아야 놓여지느니라.'

구름은 한 모금 깊이 숨을 들이마신 뒤, 패를 빌미로 대마를 살리는 팻감을 쓰기 시작했다. 갑자기 한번 해보자는 호기가 일었던 것이다. 의리는 구름의 호기에 짐짓 당황하게 된다. 탐혼이 의리에게 속삭였다.

'패에 지는 대가로 좌상귀를 지켜라. 승리는 너의 것이다.'

그러나 의리는 반신반의했다. 패는 요술쟁이라 했던가. 탐혼의 속삭임에도 불구하고 의리의 눈에는 중앙 흑돌을 끊어잡는 수가 더 크게 느껴졌다. 중앙 흑돌만 잡으면 이길 것 같았다. 지금껏 중요한 순간마다 악신의 요구대로 두어오며 구름을 곤경에 빠뜨리던 의리는 이 절체절명의 중요한 순간에 악신을 의심한 것이었다.

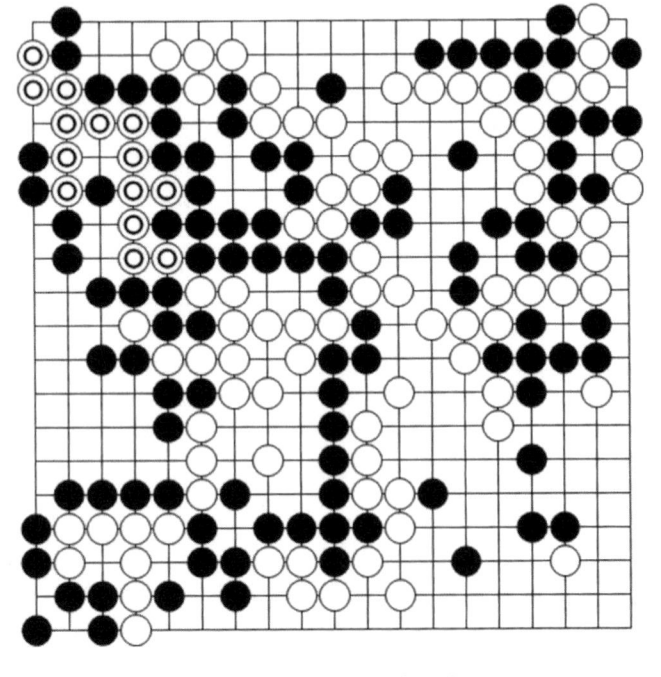

[장면도 2] 좌상귀 백 죽음

114

의리는 좌상귀를 지키는 대신 중앙을 노려 흑돌을 끊어잡고는 득의양양했다. 탐혼은 의리가 자신의 말을 듣지 않자 이 바둑을 이길 수 없음을 알고 괴성을 지르면서 절망하며 의리의 몸에서 떠나갔다.

좌상귀에서 엄청난 괴력을 발휘한 구름은 의리의 명맥을 끊고 만다. 수가 부족하여 뒤쫓던 자신의 대마(동그라미 백돌)가 오히려 죽게 되자 의리는 숨이 막히고 맥이 막히고 기가 거꾸로 솟는 듯하였다. 자신의 패배를 인정할 수 없었다. 그러기엔 너무나 비참했다. 의리는 인사도 없이, 돌을 쓸어담지도 않고는 황급히 대국장을 빠져나갔다. 구름의 승리였다.

제35화 기이한 묘수풀이 이야기

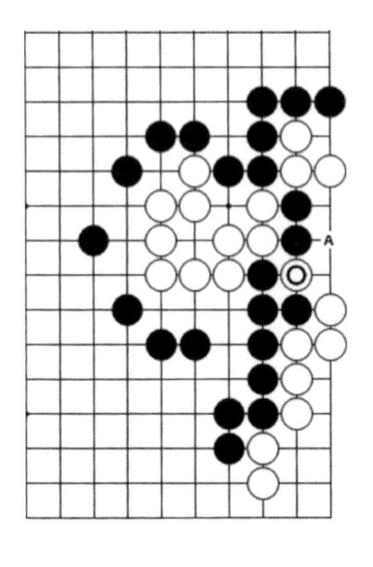

해룡과 우담, 오랜만에 다시 만난 구름의 사범들 박사범과 문사범. 그들 넷은 좌측의 모양을 보고 열띤 토론을 벌이고 있었다.

"백돌을 살리자면 백이 A에 젖혀 패를 해야 하는데 팻감이 어떻게 되나…"

문사범이 중얼거렸다. 해룡은 팻감계산에 여념이 없다.

"백은 팻감이 4개, 저기 좌하귀 팻감도

흑이 받아만 준다면 팻감이 다섯 개. 흑도 팻감이 5개 정도야. 흑이 먼저 따내는 패인 만큼 백돌은 죽은 것 같아…"

다들 팻감을 세느라 정신이 없을 때 옆에서 구경하던 구름이 말했다

"백이 왜 패를 하려고 하지? 그냥 이으면 되잖아."

다들 구름의 말에 어안이 벙벙해져 구름을 바라보았다. 구름은 싱긋이 웃고 있었다. 우담이 말을 했다.

"농담인 거지? 지고 싶은 맘은 없는걸. 패를 해야지. 백이 단수된 동그라미 백돌을 이으면 끊긴 백돌들이 다 죽는 걸 구름이 모를 리는 없을 테고."

다들 의아한 눈으로 구름을 바라보며 다시금 팻감계산을 하려고 할 때, 구름이 말했다.

"이으면 백이 살아가게 돼. 한번 볼까?"

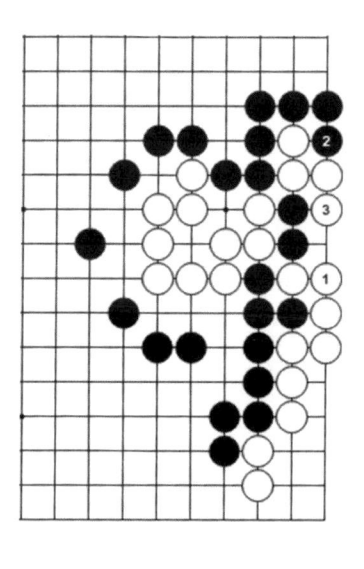

구름은 백①로 가만히 이었다. 흑이 ❷로 단수쳐 백돌을 잡을 때, 백이 ③으로 나가는 수가 천하의 명수였다. 검토하던 모두는 깜짝 놀랐다.

"아! 나가는 수가 있나."

박사범이 뇌까릴 때 다들 눈이 휘둥그레졌다. 절묘한 후절수의 맥으로 백대마가 살아나는 것이었다. 구름은 나날이 강해지고 있었고 십번기를 한판만 남겨둔 상태에서 최상의 컨디션을 유지하고 있었던 것이다. 그들은 오랜만에 만나 서로 맥주를 먹으며 즐거운 시간을 보냈다.

제36화 정선행 기차 안에서

구름과 해룡, 우담은 청량리역에서 정선행 기차를 탔다. 이번에 대국하게 될 십번기 마지막 상대인 왕곤마는 강원도 정선의 아리랑기원의 터줏대감이었다.

'일광 이왕 삼손'이라고 세인들은 그들의 바둑을 높이 쳐주고 있었다. 첫째는 광인이요 둘째는 왕곤마요 셋째는 대구의 큰손이라는 뜻이었다. 약 4시간 남짓 기차여행을 하는데 해룡과 우담은 뭐가 그렇게 재미난지 한없이 떠들다가 어느새 피곤했는지 둘 다 잠이 들었다. 잠든 그들을 바라보며 차창 밖 한가로운 풍경을 또한 바라보며 구름은 생각했다. 일종의 고독감을 느낀 것이다. 십번기의 아홉 판을 두며 고독감을 짙게 느낀 구름은 생각했다.

'그래. 바둑은 자기 자신과의 싸움이다. 상대는 결코 도와주지 않는다. 한 판의 바둑에서 그 판을 읽고 난관을 헤쳐 나갈 힘은 자기 자신과의 싸움의 결과일 뿐이야. 상대는 현혹해. 다른 길이 옳다고… 점점 치명적인 미궁으로 빠져들게 하고 나를 미로 속에 갇히게 만들지. 그래서 바둑은 고독한가 봐. 상대의 전략을 거슬러야 하고 이기고 싶을 때 타협해야 하고 살리고 싶을 때 죽여야 하거든. 그래서 외로운가 봐. 상대와 바둑판을 마주하고 앉아 있어도 느끼는 이 고독감의 정체는 바로 이 때문인가 봐.'

구름은 점점 깊은 깨달음의 세계로 빠져드는 자신을 발견하고 있었던 것이다. 구름에게는 중요한 순간이었다. 깨달음에 이르는 길목에 서 있었던 것이다.

제37화 **십번기 제10국 : 왕곤마와의 대국**

구름이 십번기 마지막 대국으로 둔 바둑은 무림바둑계에 큰 반향을 불러
일으켰다. 이 대국에서 구름은 무림바둑계의 이인자 왕곤마를 상대로 두어
백년에 한번 나올까 말까한 천하제일의 묘착을 두어 이겼던 것이다.

왕곤마가 구름의 거대한 흑대마를 쫓으며 득의양양하고 있을 무렵 구름
은 비수를 준비하고 있었으니…

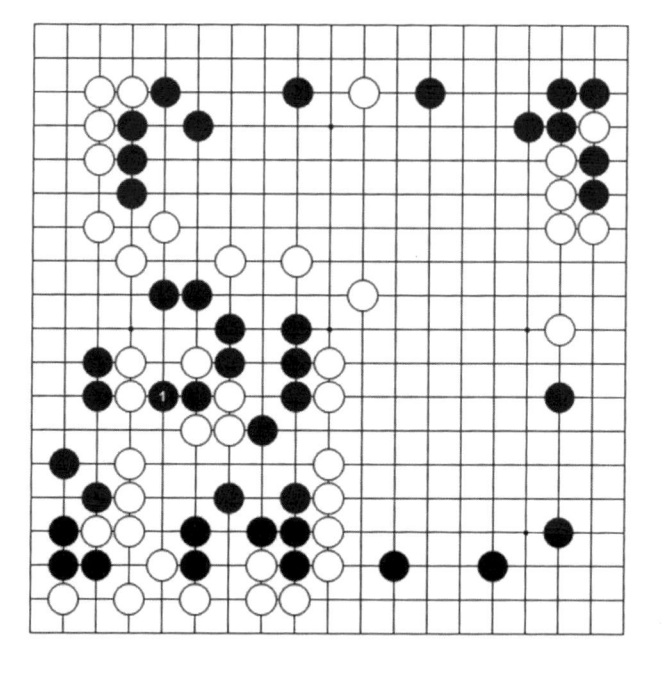

[장면도 1] 천하제일 묘수

흑❶로 가만히 두 점으로 키워죽이는 수를 둔 것이었다. 왕곤마는 생각했
다.

'이게 무슨 수일까? 죽은 돌을 키운다. 흑이 사는데 도움이 되는 수인가?'

그 무렵 최고의 컨디션을 유지하고 있던 구름인지라 상대를 가볍게 볼 수도 없는 노릇이어서 그 수의 의미를 생각하며 왕곤마는 수읽기의 세계로 빠져들었다. 흑대마가 살면 백이 도저히 이기기 어려운 국면이었기 때문에 -왕곤마는 구름의 대마를 잡는데 올인하고 있었다- 반드시 잡아야 하는 부담이 왕곤마에게 있었던 것이다.

치열한 반상의 승부의 깊은 곳에서 구름은 문득 눈을 들어 상대를 바라본다. 왕곤마는 날카로운 외모에 몸매도 호리호리하여 바둑을 무척이나 잘 둘 듯한 인상을 풍기고 있었다.

수담(手談)…

돌이 말을 하고 서로 호응하고 흑백의 오로가 조화로이 노니는 그곳에 무슨 말이 필요하고 무슨 눈맞춤이 필요할까? 구름은 한줄기 고독을 느낀다.

20수 앞을 읽던 왕곤마가 갑자기 얼굴이 사색이 되었다. 흑이 사는 길이 보였기 때문이다. 곰곰이 생각해보니 흑이 두 점으로 키워 죽이는 수가 큰 효력을 발휘하여 얄밉게도 백의 포위망을 대마가 빠져나가는 길이 있었던 것이다.

'아, 구름의 수읽기는 도대체 어디까지일까? 20수 앞의 맥을 읽다니 이 바둑을 내가 이기기는 힘들겠구나.'

왕곤마는 둘째가라면 서러워할 만큼 무림바둑계의 거목이었다. 강원도 초야에 묻혀 살며 소요자적하였는데 근래에 바둑을 둔 적은 거의 없지만 실력은 녹슬지 않고 있었다. 수읽기는 당대에 내로라하는 프로들 못지않게 셌고 국면을 운영하는 반면운영능력은 광인에 필적하리만큼 타의 추종을 불허하는 인물이었다. 그런 왕곤마가 돌을 놓질 못하고 있었다. 마치 외통수에 걸린 양 사색이 된 얼굴에 이마에 땀이 흐르기 시작했다. 왕곤마는 시간이 아직 여유가 있었지만 더 이상 바둑을 두는 것은 무의미하다고 판단하고는 이내 돌을 거두었다. 좀 더 두어 수가 나는 것을 확인하는 것은 괴로운 일이었기에 싹싹하게 돌을 던진 것이었다.

무림바둑계는 이인자를 이긴 구름의 경천동지할 실력을 알게 되고 나서는 구름에 대한 존경심이 일었다. 구름은 이제 바둑을 잘 두는 미래의 영걸이 아니었던 것이다. 구름은 십번기를 치르며 무수한 고수들과의 일합에서 준수한 성적을 거두었고 이젠 무림바둑계에서는 없어서는 안 될 소중한 보배 같은 존재가 된 것이다. 그리고 드디어 마법이 풀리고 도룡비급이 완성되는 순간이었다.

제38화 부소산사에서

구름은 근 십여 개월을 두고 치렀던 십번기를 마무리하고 광인과의 결전을 앞두고 있었다. 부소산 도룡문 산사. 늦가을의 정취가 한껏 물들은 단풍나무를 적시고 있었다. 설희는 도룡문주의 부름을 받고 도량의 가장 큰 누각인 도룡정으로 향하고 있었다. 설희는 근심하고 있었다.

'구름이 광인을 이겨 천하의 근심을 덜어주면 좋겠어. 하늘이 내 기도를 들어줄까?'

설희의 마음을 아는지 모르는지 구름도 사부의 부름을 받고 도룡정으로 들어오며 설희에게 반갑게 눈웃음으로 인사를 한다.

도룡정에 모두가 모였다. 도룡문주를 비롯해 좌우호법인 은산과 괴파, 설희와 하전사가 모두 모여 차를 나누며 담소하고 있었다.

모두들 결의에 찬 모습이었다. 광인과의 결전을 한 달 남짓 남겨두고 모인 것이었다.

"구름아. 비록 바둑이 불리해도 경거망동해서는 안된다. 불리할수록 참고 버텨야 한다."

도룡사부가 구름에게 광인과의 대국에서 유념해야 할 점을 집어주고 있었다.

"항상 축을 조심해야 해. 축보다 더 중요한 기술은 바둑에서 없어."

괴파사형도 맥을 집어준다.

"구름. 두텁게 둬야 해. 엷으면 광인을 이기기 힘들어."

은산사형도 거든다.

설희는 비장한 모습으로 말했다.

"난 구름을 믿어. 반드시 이길 거야."

구름은 결전을 앞두고 소중한 시간을 산사에서 보내고 있었다.

제39화 향연

부여 부소산 자락에 위치한 도룡문. 오늘따라 산세는 맑고 하늘은 청아했다. 조촐한 연회가 베풀어지고 있었다. 구름이 한 달에 한판씩 십여 개월 동안 십번기를 무사히 치른 것에 대한 연회였다. 구름의 좌우에 문주와 설희가 나란히 앉아있었다. 도룡문의 하전사가 일어나 말하였다.

"도룡문의 후계자인 구름은 십번기를 통해 총 열 판을 두었고 성적이 남달랐습니다. 재야의 각 문파고수들과 일합을 겨루는 힘든 여정을 벌였지만 5승 1무 4패라는 호성적으로 무림바둑계를 떠르르 떨게 하였습니다. 이에 무림바둑계는 구름이 무림9단이라는 칭호를 얻기에 마땅하며 무림고수의 일원이 되었음을 인정합니다. 새로운 무림고수 등극을 알리며 구름에게 축하하는 바입니다."

모두들 일어나 한잔 술의 축배를 들었다. 구름은 어찌할 바를 몰라 했다. 너무나 황송했던 것이다.

"이제 한 달 후면 광인과 대적하게 됩니다. 비록 기재는 부족하지만 최선을 다하여 두겠습니다. 무림9단이라니 당치도 않습니다. 저는 아직 어리고 부족한 점이 너무나 많습니다. 거두어주시기 바랍니다."

구름은 일전을 앞두고 있었고 겸손했다. 십번기를 통해 겸손을 배웠던 것이다. 바람이 잠시 자리에서 일어나 말을 했다.

"구름천하 만세! 위맹이 당당하니 능히 광인을 이길 것입니다"

도룡문파의 모든 사람들과 하객들은 다시금 축배의 잔을 든 다음 함께 다음과 같은 노래를 불렀다.

"세상에 보배스런 구름.

야생의 들꽃처럼 피어나더니

이제는 한 마리 학이 되어

바둑계의 진주가 되었다네.

얼마나 많은 피울음이 있었을까?

모래를 삼키며 응어리진 곳에 또다시 모래가 들어오니

아! 그 핏빛 상처가 나중엔 진주를 잉태했네.

바다도 숙연히 잠들어라.

하늘도 천둥번개를 그치어라.

오직 구름만이 광인을 이길 수 있으리라."

모두들 노래를 부르며 결의를 다지고 있을 때 맨 구석 쪽에서 노래를 부르던 앵두는 감동하여 잠시 눈물을 울컥하였다. 앵두는 날이 갈수록 구름을 사모하는 마음이 커져가는 자신을 바라보게 되었다. 오늘은 기쁜 날이었다. 앵두는 다시금 마음을 추스르고는 기쁜 마음에 축가를 부르고 있었다.

6부

광인과의 혈투

제40화 최종국 : 광인과의 대국

광인… 그는 빛나는 별이었다. 초야의 거목이었다. 그의 별명은 독고기객. 홀로 고독을 삼키는 진실한 기객이었다. 그는 위명이 쟁쟁하던 천사파의 문주였는데 스스로 미친 후로 천사파를 없애고 홀로 독야청청하게 된다. 천사파의 후계자였던 도룡은 그 이후 분파하여 도룡문을 만들게 된다. 광인은 젊었을 때 정석을 다 이해하고 수많은 강적들을 기괴한 정석초식으로 곤란에 빠뜨리곤 했었다. 그는 이후 홀연히 깨닫는 바가 있어 그 난해한 정석을 버리게 된다. 마치 무거운 현철보검을 휘두르던 젊은 검객이 홀연히 깨닫는 바가 있어 목검을 들고 다니다 마침내는 무검(無劍)의 경지에 이르러 바람을 가르고 하늘을 향해 나는 것처럼… 그도 정석을 알되 온전히 잊어버리는 경지에 이른다. 그러나 그 강하던 광인은 프로입단대회를 거부하고 스스로 야인을 자처하며 입단을 하진 않는다. 이무기… 그는 진정 천하무적 이무기였던 것이다. 여의주만 물지 않았을 뿐 그도 용이었다.

우리의 구름은 홀로 오늘도 대국장에 들어가기에 앞서 독경을 읊는다.

'포석을 따르니 길 잃지 않고

형세판단에 의지하니 실망하지 않고

정석을 생각하니 헤매지 않네

행마가 붙들어주니 떨어지지 않고

사활이 감싸주니 두렵지 않고

대세점이 이끌어주니 지치지 않고

끝내기가 도와주니 목표에 이르나니'

승리를 부르는 비전의 구결을 암송하며 결전, 최후의 결전에 임하고 있었다. 그는 진정 강하기 때문에 구름은 잔뜩 간장하고 있었다. 물론 일면식도 없는 상대는 아니었다. 구름은 광인의 강함을 귀가 닳도록 들어왔고, 광인도 떠오르는 샛별인 구름을 잘 알고 있었다. 자신에게 대적하고자 십번기를 벌였다는 것도 너무나 잘 알고 듣고 있었다. 앵두는 사랑하는 구름이 광인을 무참히 깨뜨리고 광인의 오른손이 잘려나가 광인이 바둑계에서 사라지기만을 염원하고 있었다.

대국장은 태극기원. 대국실로 향하는 정원에서 불어오는 한겨울의 스산한 바람이 귀를 차갑게 얼어 붙이고 있었다. 앙상한 가지가 바람에 흔들렸다. 정원의 매화가 오늘의 결전을 아는지 모르는지 붉은 꽃을 활짝 피우고 있었다. 태극기원은 가장 오래되고 역사가 있는 기원으로서 여기서 수많은 바둑역사에 빛나는 명승부가 펼쳐지곤 했었다. 대국장은 재야의 강자들과 6대문파 사람들로 어수선한 가운데에서도 조용하고 살벌한 기운이 감돌고 있었다. 광인은 강했고 천하의 프로도 우습게 아는 절대고수였다. 광인은 머리를 풀어헤친 듯 아닌 듯한 기괴한 머릿결이었다. 잘생긴 외모였지만 눈에 사악한 빛이 감돌고 있었는데 예의 그 광기어린 눈빛으로 구름을 노려보고 있었다. 마치 '너는 날 전혀 이길 수 없어!' 라고 말하는 듯했다. 구름도 광인을 바라본다. 구름은 그 속내를 알 수 없을 만큼 내색을 하지 않았다. 십번기를 통해 마음의 깨달음을 얻은 덕분이었다. 자신을 감출 수 있다는 것, 속내를 내비치지 않는다는 것은 고수가 갖춰야 할 중요한 덕목이었던 것이다.

광인에게 구름이 도전장을 던졌다는 사실에 바둑계는 엄청난 파란의 소용돌이에 빠져들었다. 전에도 없었고 앞으로도 없을 지존대회의 결정이었던 것이다.

두 대국자에게 매화차가 한잔씩 놓여졌다. 고요히 앉아있는 구름에게 암향이 짙게 느껴졌다. 바둑은 바야흐로 시작되었다.

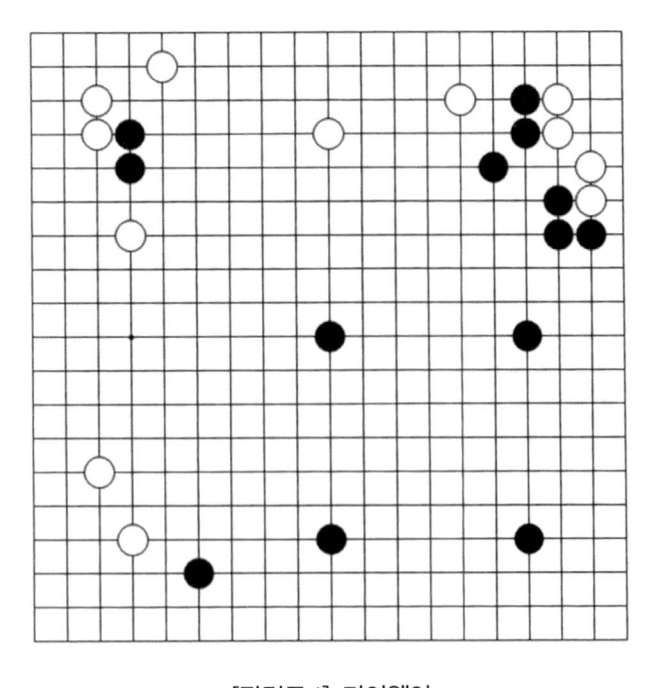

[장면도 1] 마이웨이

 서로 마이웨이를 외치는 포석. 구름은 대세력을 쌓고 있었고 광인은 탄탄한 실리를 먼저 차지하고 있었다. 실리대 세력의 싸움이 된 것이다. 수순이 진행될수록 구름은 두텁게 두텁게 두고 있었다. 그는 승부에 초연해 있었다. 광인을 이기려고 발버둥치지 않았다. 후회 없는 한판을 두려고 노력하고 있었던 것이다. 구름은 판단하고 있었다. 아무리 완전무결한 바둑을 두는 광인일지라도 한번쯤은 실수가 나오리라고 생각하였던 것이다. 그 때를 대비하여 판을 두텁게 짜나가고 있었던 것이다.

 드디어 광인의 오버페이스가 나왔다.

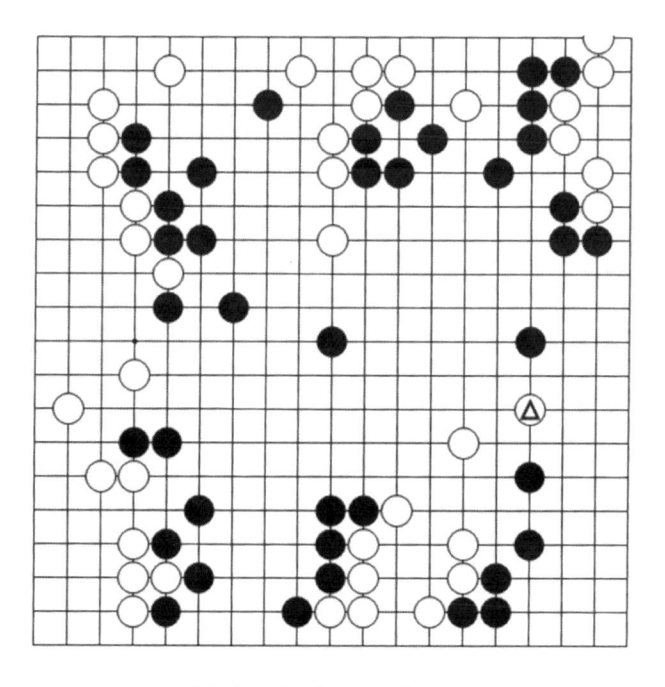

[장면도 2] 백의 무리한 침투

이 수는 축이 불리한 만큼 백의 무리였다. 수습이 어려운 지경에 빠진 광인은 그러나 노련했다. 얼기설기 단단한 흑의 모양에서 어설픈 연결자세를 취하며 수습의 실마리를 찾아가기 시작한 것이다.

[장면도 3] 백의 수습

구름은 생각했다.

'과연 명불허전이로구나. 이 지경이 되면 앞길이 막막하고 던지고 싶을 텐데도 훌륭하게 행마하는 폼이 진정 최고수답구나.'

그런데 바로 이때 도룡비급을 연마하다 생긴 후유증이 구름에게 나타났다. 자신의 돌들이 광인에게 쫓기는 망상같은 것이 일더니 상대방에 대한 공포와 두려움이 일어났다. 구름은 오판을 하기 시작했다. 구름은 우하귀의 백돌을 잡으러 갔다. 이대로 끝내기를 해서는 승산이 없다고 생각했던 것이다. 그러나 잡으러 간 것이 패착이었다. 조금 더 참고 후일을 도모하며 기다려야 했다. 광인은 예의 그 광기어린 눈빛으로 구름을 힐끗 쳐다본다. 마치 '이 판은 나의 것이 아니겠느냐?' 하고 묻는 듯했다. 역으로 우하귀의 흑돌이 유가무가로 다 죽게 되자 바둑은 끝이 났다.

132

[장면도 4] 유가무가 흑 죽음

  구름은 조용히 잡았던 돌 하나를 반상에 올려놓으며 패배를 인정했다. 구름은 패배를 담담히 받아들이고 있었다. 검토실은 침묵에 빠졌다. 모두들 이 상황에 어찌할 바를 모르고 침통해했다. 대국실에서 대국을 마친 구름은 물론이려니와 검토실의 많은 기객들 모두 이상하리만큼 침울한 정적 속에 휩싸였다. 광인은 득의양양했다.

"으하하하하!"

  고요한 정적을 깨고 웃어대는 광기어린 소리는 마치 귀신이 나올 듯이 음산했다. 모두들 직면한 상황에 어찌할 바를 모르고 있는데 갑자기 검토실 한편에서 여자의 비명소리가 들려왔다. 앵두였다. 앵두의 옆에서 앵두를 유심히 살펴보던 비연이 앵두에게

"너 사랑이 아니니?"

하고 물어보자 앵두가 이상한 사람이라는 느낌이 들어 자리를 피하려는데 비연이 피하려는 앵두를 붙잡으려다 앵두의 어깨부분을 잡아 벗긴 것이었다. 어깨에는 심장크기의 화상자국이 선명히 나있었다. 비연은 앵두가 자신이 어릴 적 잃어버린 아이 사랑임을 깨닫고는 울부짖었다.

"사랑아! 엉엉엉…"

앵두는 마스크를 쓴 여자가 자신에게 무슨 미친 짓을 하나 싶었다. 그때 비단이 그 여자가 비연임을 알아차렸다.

"그대는 비연이 아니오?"

비연은 선글라스와 마스크를 벗으며 비단에게 자초지종을 물었다. 비단은 어릴 적 길 잃은 앵두를 자신이 비연의 집 근방에서 거두었음을 알려주었다. 앵두는 청천벽력과도 같은 이 말에 크게 놀랐다. 자신의 아빠가 친아빠가 아니었다는 사실에 너무나 놀랐던 것이다. 사람들은 이 상황 때문에 더욱 광인을 경멸하는 눈빛으로 바라보고 있었다.

광인은 소스라치게 놀랐다. 이 돌발상황 때문인지 갑자기 정신이 제자리로 돌아온 광인은 자신이 한 일이 너무나 창피했고 부끄러웠다. 무릇 인간이 신 앞에서 가장 견디기 힘든 것은 수치심과 부끄러움이라고 한다. 광인은 수치와 창피, 부끄럼이 한데 어우러진 복잡한 감정에 휩싸였다. 광인은 명치 끝에 극심한 통증이 밀려들어오는 것을 느꼈다. 양심이었다. 비연을 보고는 갑자기 제정신으로 돌아온 것이었다. 광인은 주변 사람들이 눈에 들어오기 시작했다. 그들의 감정의 아우성이 느껴지기 시작한 것이다. 세상을 비뚤어지게 바라보게 하던 몸과 마음을 에워싸고 있던 장막이 걷히고 있었다.

광인은 비연과 사람들 앞에 크게 사죄하며 엎드렸다.

"내가 그동안 너무나 잘못했다. 잘못했어. 비연…"

광인은 정상적인 양심으로 돌아온 것이었다.

에필로그

구름과 앵두.

둘은 신촌 노천극장 옆 오솔길을 걷고 있었다.

하늘은 점점 노을이 익어가고 있었다.

그들은 아무 말도 하질 못하고 있었다.

갑자기 앵두가 구름의 팔짱을 꼈다.

짐짓 놀란 구름. 앵두를 바라본다.

둘은 그렇게 말없이 서로의 눈을 응시하고 있었다.

수많은 말이 오갈만큼 찰나의 순간이 그렇게 길게 느껴졌다.

구름은 고개를 숙여 살며시 앵두의 입술에 첫키스를 했다.

둘은 그렇게 오랫동안 포옹을 하고 있었다.

무 림 바 둑

지 은 이 백종민

1판 1쇄 발행 2019년 10월 28일

저작권자 백종민

발 행 처 하움출판사
발 행 인 문현광
편　　집 홍새솔
주　　소 전라북도 군산시 축동안3길 20, 2층 하움출판사
I S B N 979-11-6440-070-6

홈페이지 http://haum.kr/
이 메 일 haum1000@naver.com

좋은 책을 만들겠습니다.
하움출판사는 독자 여러분의 의견에 항상 귀 기울이고 있습니다.

이 도서의 국립중앙도서관 출판예정도서목록(CIP)은 서지정보유통지원시스템 홈페이지(http://seoji.nl.go.kr)와
국가자료종합목록 구축시스템(http://kolis-net.nl.go.kr)에서 이용하실 수 있습니다. (CIP제어번호 : CIP2019041009)